Ernst Hunziker isch im Jahr 1955 z Boltige, im Sime-
tal, gebore. Nachere Lehr als Spängler-Installateur
isch er zum Tal us u läbt syt 1980 ufem Bödeli, em
Gebiet zwüschem Thuner- u Brienzersee.

Gwärchet het er ufem Flugplatz Interlake als Flug-
zügspängler u später bi der Gmeind Interlake als Aa-
lage- u Materialwart bi der Füürwehr. Ab 1999 isch
er Kommandant vo der regionale Zivilschutzorgani-
sation Jungfrou gsy.

Mittlerwyle isch er pensioniert.

Syt Jahre schrybt er Mundartgschichte, Romän,
Krimis u o Volkstheater.

D Büecher sy im Buechhandel erhältlech. D Thea-
ter bim Elgg Verlag in Belp.

Wyteri Informatione über e Outor u sys Schaffe
stöh uf der Websyte www.ernsthunziker.ch

Ernst Hunziker

Unglych

Em Fahnder Flück sy erscht Fall

Mundart-Krimi

Bibliografische Information der Deutschen
Nationalbibliothek:
Die Deutsche Nationalbibliothek verzeichnet diese
Publikation in der Deutschen Nationalbibliografie;
detaillierte bibliografische Daten sind im Internet
über http://dnb.dnb.de abrufbar.

Coverfoto: Ernst Hunziker

2009, 2018 neue, überarbeitete Auflage
© Ernst Hunziker
Senggigässli 35
3800 Matten
ernsthunziker@icloud.com
www.ernsthunziker.ch

Herstellung und Verlag:
Books on Demand GmbH
Norderstedt
Printed in Germany
ISBN: 9783748111504

Das Mail, wo si vo ihm übercho hei, git ne z dänke. Är wölli se gmeinsam informiere, steit dinne. Das isch ussergwöhnlech! Normalerwys göh nämlech d Informatione, nach sträng hirarchischer Vorgab, ds Stägli ab. Also vom Chef vom Polizeiposchte Interlake, em Konrad Hess, ache zum Fahnder Flück. U dä mues de d Informatione a syner Mitarbeiter – im Momänt isch das zwar nume der Polizischt Sepp Grau – wyterleite. Stufengerecht, nennt sech das. Di beide Polizischte hei das Wort a verschidenschte Usbildige meh als einisch ghört. E stuefegrächte Wäg schynt aber für das, wo der Poschtechef mit ihne z besprächte het, nid di richtegi Lösig z sy.

Der Fahnder Flück u der Sepp Grau mache sech geng no ihrer Gedanke. O wo si scho im Büro vom Poschtechef stöh.

«Näht Platz», seit dä, imene fasch gmüetleche Ton.

O öppis, wo di beide vo ihm nid kenne. Gmüetlechkeit het bi der Polizei nüüt z sueche. So heis ömel di zwee Beamte glehrt. U ihre Chef isch normalerwys überzügte Verfächter vo dere Theorie.

Wil si dere Sach nid troue, setze si sech nume ufe vorder Teil vo ihrem Stuehl. Si sy vorsichtig.

«Also», setzt der Konrad Hess zum Gspräch aa u me merkt, dass ne irgendöppis plaget. «Also» – no einisch. Es churzes «chh …» – u de: «… dir wüsset ja, dass öie Kolleg, der Fahnder Müller, syt öppe zwo Wuche chrank isch. Was dir aber nid wüsset isch, dass er üs di nächschte Monet nid wird zur Verfüegig stah. Är het zwar ke gfährlechi Chrankheit, aber e Gnietegi», seit er u me merkt, dass ihm ds Zämebüschele vo dene Sätz schwär fallt.

De beide Zuehörer gseht me aa, dass si ds Glyche dänke: Was cha ömel de o so lang duure, wes nid söll gfährlech sy? Chrebs isch gfährlech, also fallt das – Gottseidank! – afe wäg. Grippe isch wohl gnietig, aber di duuret nid mehreri Monet. Drum warte si gspannt, was der Chef no z säge het.

«Burnout seit me däm Problem, wo der Fahnder Müller het. Usbrönnt syg er, seit sy Arzt. U me chönni zum hüttige Zytpunkt überhoupt nid säge, wenn dass er – wenn überhoupt – wider arbeitsfähig syg. Us däm Grund han i z Bärn e Ersatz für ihn beatreit. U o übercho. Was gar nid eifach isch gsy!», stellt er stolz fescht.

Em Fahnder Flück chrüselets d Äckehaar. Är mags nämlech nid verputze, we sech sy Chef geng wider sälber rüehmt. Dä würdi o gschyder ... «... u möchti öich beid informiere, dass dir morn am Morge em achti bereits Versterchig überchömet. I hoffe, dass dir das nöie Mitglied entsprächend wärdet empfa, yfüehre u ysetze. Öij Hilf bringt no wenig Erfahrig mit, het d Polizeischuel vor zwöi Jahr abgschlosse u wott jetze hie erschti Ydrück bi der Fahndig sammle.»

«U das nennt me Ersatz?», platzt der Fahnder Flück sym Chef i ds Wort.

«Ja, das nennt me Ersatz», seit dä sträng, wil er nüüt so hasset, wie we me ihm widerredt. U vilecht o, wil der Fahnder Flück ihm öppe einisch widerredt. Oder ömel ds Mindscht seit, we ihm öppis nid passt.

«Nid glychwärtig. Das isch mir natürlech o klar. Aber mir sy ja o derfür zahlt, dass mir üses Wüsse u üsi Erfahrig, wo mir üs im Polizeidienscht hei dörfe aaeigne, wyter gä. A jungi Arbeitschreft. Wil di eltere Semester sech ja o langsam dermit müesse befasse, vo Jüngere abglöst z wärde. U müesse lehre, dass o jungi Lüt gwüssi Sache guet chöi mache. We nid sogar besser. We mes objektiv würdi betrachte – was gwüssne Lüt öppe einisch chli abgeit.»

Päng! Das isch e gradi Linggi gsy vom Chef, wo gsässe het.

Der Sepp Grau erwartet e Gägeschlag vom Flück. Dä hocket aber uf sym Stuehl, wie we ne das überhoupt nüüt würdi aagah. U schwygt. Sogar der Chef isch liecht irritiert, wil o är e Reaktion erwartet het.

Wil aber nüüt zrugg chunnt, seit er: «Also. Dir heit e Ersatz u mit däm sötts öich müglech sy, öier Arbeite i gwohnter Zueverlässigkeit z erledige.»

«Nei, mir überchöme ke Ersatz, sondern e Stift. U Stifte näme nid Büez ab, sondern gäbe Büez. Aber üser Arbeite erledige mir wyterhin i gwohnter Zueverlässigkeit. So isch es. U nid anders.»

Der Fahnder Flück steit uf, nimmt ds Dossier, won er vermuetet, dass dinne d Personalunderlage vom «Stift» sy, wünscht em Chef no e guete Tag u trappet dezidiert zum Büro us. Was blybt em Polizischt Grau anders übrig, als hindenache z tschalpe. Wie nes folgigs Hündli chunnt er sech vor. U di Rolle passt ihm je lenger je weniger. Drum isch er o nid so unglücklech, dass nid e glychwärtige Ersatz, sondern e no unerfahrne Polizischt aagstellt isch worde.

E Stock töifer tuet der Fahnder d Bürotür uf. Chli schnäller als gwöhnlech. Me merkt, dass ne öppis wurmet. Der Sepp Grau weis nume nid gnau was. Es chönnti sy, dass es ihm stinkt, dass er wider mues e

Stift yarbeite. So schlimm cha das aber nid sy. Schliesslech het der Fahnder Flück i syre Karriere scho mängem Polizischt ds Fahndigswäse nächer bracht. U im Kanton Bärn hets einegi Fahnder, wo d Grundschuel bim Flück absolviert hei.

Vilecht isch es aber d Bemerkig über ds Alter gsy, wo sy Kolleg us der Bahn grüehrt het. Eh ja, schliesslech steit der Franz churz vor sym füfzgischte Geburtstag.

U o we der Sepp Grau sech nid ganz cha vorstelle, wiso me da sötti Problem übercho, dänkt er, dass das doch e Grund für di schlächti Luune chönnti sy. Schliesslech isch der Poschtechef ersch füfedrissgi. U we e Füfzgjährige vo so eim under d Nase gribe überchunnt, dass er alt syg, de cha das wahrschynlech scho bysse.

«Was meint dä grossgchotzet Möff eigetlech?», seit der Fahnder u macht der Poschtechef nache: «… müesst lehre, dass o jungi Lüt gwüssi Sache guet chöi mache – seit dä jung Schnüderlig! Was het dä de scho guet gmacht, ussert z Bärn unde z rangge, dass er hie obe Poschtechef wird? Was het dä vorzwyse, ussert ere steile Karriere? I däm Jahr won er hie isch, het er mi mit syne Leischtige ömel no nid überzügt. Chli gross desumeschnure u wichtig tue, chönnt ig ömel o. Ds einzig Positive dranne isch, dass er sech so a allne Orte cha ga wichtig mache. De chan er hoffetlech müglechscht gly e höchere Poschte ynäh – was mir güetigscht wei understütze – wil er drum de so wider gäge Bärn würdi zügle!»

Während dene grobe Sätz knallt der Fahnder ds Dossier ufe Tisch u risst ds Fänschter uf. Dass der

Sepp Grau o no im Büro steit, het er gar nid beachtet. U dä het o nüüt gseit. Är kennt der Fahnder. Dä bruchts, jetze chli chönne Luft abzla. Das duuret erfahrigsgmäss nume es paar Sekunde. Chli usrüeffe, chli früschi Luft, chli dürehudle u de wird de dä churzum wider ruehig am Fänschter stah u useluege.

U so isch es o gsy. Der Fahnder steit dert u atmet wider normal. Sy Wuetusbruch isch verby – u o scho vergässe.

Är luegt zum Fänschter us. Vom Poschte vo der Kantonspolizei us gseht me ache ufe Platz vom Oschtbahnhof.

Es isch no gar nid so lang, dass d Polizeiwach i das Geböid het chönne yzieh. Früecher isch d Wach mitts im Zentrum inne gsy u der Fahnder erinneret sech, wie der Polizeiposchte mängisch als Informationsbüro isch missbrucht worde. Si sy dert meh Uskunftspersone, als Polizischte gsy. Ömel denn, won er no nid bi der Fahndig gwärchet u drum als gwöhnleche Polizischt öppe einisch Schalterdienscht het gha.

Glychwohl dänkt er mit e chli Wehmuet a die Zyt zrugg. Es isch e Zyt gsy, wo alls no ruehiger isch zue u här ggange. Un är het mängisch fasch ds Gfüehl, dass es o chli e aaständigeri Zyt isch gsy. Me het meh Respäkt gha enand gägenüber. Hütt schynt ihm alls vil schnäller. Unpersönlecher. Gfüehlloser.

U wen er ache luegt uf dä Platz, wird sy Ydruck nume no verstercht. Zwüschem Ychoufszentrum un em Bahnhof, dert wo d Gmeind Interlake e grosse, schwarze Chlotz het häre gstellt, wo wahrschynlech e moderne Brunne sötti darstelle, loufe d Mönsche fasch Tag u Nacht wie d Ameisi hin u här. Am

Morge chöme si mit der Bahn us allne Gägende vo der Schwyz uf Interlake u blybe de vilecht e Tag oder e Wuche.

Vili bruche der Oschtbahnhof aber nume als Umschtigeort für äntwäder i Richtig Meiringe – Luzärn wyter z fahre. Oder si näme d Bärner Oberland Bahne u fahre i d Täler; uf Grindelwald oder uf Luterbrunne. U vo dert us göh nid wenegi ueche. Äntwäder uf ds Schilthorn oder i Richtig Scheidegg u de ueche uf ds Jungfroujoch.

Die Tourischte schyne ihm, so vo obe här betrachtet, wie ne total gstresste Huffe desume z hüehnere. Är fragt sech de mängisch scho, was das äch für Ferie müesse sy, we me so raschtlos mues desume tigeret.

Är stuunet geng wider, was uf däm Platz unde alls ablouft. U scho mängisch het er sech gfragt, was d Mönsche eigetlech tribt, so z «ameisele», wien er däm seit.

Die vile Lüt da unde beyflusse mängisch o d Polizischte. Isch es äch, wils dä Bruef – u grad ganz bsunders der Fahndigsbruef – mit sech bringt, dass me besser beobachtet, als ds gwöhnleche Volk? Oder isch es, wil mänge Polizischt i syre Bruefsblindheit i vilne Mönsche potentielli Verbrächer gseht? U de ds Gfüehl nid los wird, da unde loufi e Huffe vo dene desume? Der Fahnder Flück lächlet.

«Mir sy eigetlech scho armi Irrli», seit er zum Sepp.

«Wie meinsch das?», fragt dä, wil er nid weis, wohi der Fahnder mit syne Gedanke wott.

Das passiert ihm öppe einisch. Bsunders denn, we

der Fahnder aafat «philosophiere», wie der Sepp däm seit. De chas sy, dass der Flück e halb Stund lang am Fänschter steit, useluegt u eifach brichtet. Über Gott u d Wält u äbe, über d Mönsche.

«Eh, lueg se doch einisch aa, di Mönschli», seit er. «Dä Japaner zum Bispiel. Dä isch geschter am Morge z Kloten glandet, het aaschliessend e Stadtrundfahrt z Zürich verpasst übercho u isch em Mittag uf der Rigi gstande won er inere Beiz het Zmittag ggässe. Aaschliessend wyter uf Luzern, wo ne wyteri Stadtrundfahrt isch ufem Programm gstande. Nächär no der Bsuech vom Verchehrshuus un am Aabe es Konzärt im KKL. Hütt am Morge früech uf, mit em Zug übere Brünig uf Interlake u jetze de mit der Jungfroubahn uf ds Jungfroujoch. Was hei mer jetze? Nüni. Em halbi zwölfi isch er dert. De öppe drü Dotze Föteli schiesse, irgendöppis i Mage gheie, churz ufe Sphinx ga Alpeluft ynezieh u scho geits wider i Richtig Interlake. Bevor dert d Gschäft zue tüe mues er no schnäll i Chilchemas Souvenierläde ga ychoufe. Eh ja, schliesslech mues er doch e Erinnerig vo däm wältberüemte Ort mitbringe. Morn am Morge früech fahrt er de wyter gäge Zermatt, macht di glychi Üebig ufem Gornergrat – inklusive Fototermin vorem Matterhorn – u stygt am Aabe em sibni z Gänf y für wider hei z flüge. U deheime nimmt er der Beamer füre, knallt syner gschossene Föteli uf d Lynwand u luegt de ds erschte Mal gnau, won er eigetlech während de letschte drei Wuche isch gsy ... Säg, isch das nid armseelig?»

Der Polizischt Grau het settegi Gspräch nid gärn. Är weis, dass es vil druf z säge gieb, aber är weis meischtens nid gnau was. Schwyge chan er aber erfahrigsgmäss o nid, wil der Fahnder e Antwort uf sy Frag erwartet.

«Eh, dass sy halt Tourischte. U vo dene läbe ja o mir», seit er drum chli duuche u hoffet, dass der Fahnder wider a Bürotisch hocket, wil er mit ihm lieber über ihri eigetlechi Ufgab möchti rede.

Aber nüüt isch. Der Fahnder fahrt dert wyter, won er ufghört het: «Natürlech. Das isch mir scho klar. I meine ja o nid der Tourischt. I meine der Mönsch an sich. Lueg jetze der Müller aa. Was het dä alls gmacht i sym Läbe? Was het dä alls gmacht i de letschte Jahr? Presidänt vo de Schütze ufem Bödeli. Vizepresidänt vom Curlingverein Bödeli. Mitglied o no vom Grosse Gmeindrat z Interlake. U o no Presidänt vo syre Partei. Näbezueche, ja näbezueche!, het er no e Frou u drü Chind. U alli drü no im schuelpflichtige Alter. Dä het ja gar nid anders chönne, als jahrelang so tue wie dä Japaner da unde. Ständig vom Einte zum Andere. Nie e Pouse. Nie usklinke u d Arme u d Bei la hange. U de Ferie! Denn het er gmeint, är müessi mit syre Famlie o no weis Gott nid was ga mache. Aktivferie seit me däm. Mi nimmt nume Wunder, wiso mir sowiso scho aktive Lüt no sölle Aktivferie bruche. Ömel mys Roseli un ig weis i de Ferie gmüetlech ha u nid o no desumehasne wie gstört.»

«Drum hesch du o kes Burnout, wie der Müller», underbricht ne der Sepp.

«Ja, der Müller!», seit der Fahnder nachdänklech. «Usbrönnt. Fertig. Über Monate wäg vom Fänschter. Fertig Politik. Fertig Schiesse. Fertig Curle. U de d

Familie? Hoffetlech blybt die no bi ihm. Me het ja o scho ghört, dass sy Frou …»

«… sötte mer nid langsam?», underbricht der Sepp wider.

Är hets nid gärn, we me über Familieproblem redt. Da wirds ihm geng gschmuech i der Magegägend.

Är weis warum. Sys «Familieproblem» isch, dass er äbe keni het. Weder e Frou, no e Familie. E ledige Maa, im beschte Alter, wie me so schön seit.

Wiso dass er nie zunere Frou isch cho, weis eigetlech niemer. Är isch zwar scho chli e Spezielle. Aber so unmüglech dass ne ke Frou hätti wölle, dünkt er eim doch o nid. Aber äbe. Me gseht nume ane Mönsch häre. Was z innerscht i syre Seel vorgeit, chönnti allefalls öpper erfahre, wo ihm lang ganz nach würdi stah. U was de daderby usechiem – me weis es nid.

We der Fahnder albe uf Beziehigsproblem z rede chunnt, probiert der Sepp ne ufenes anders Wägli z zieh. Über sys Problem mit em Fahnder z rede, wär ds Letschte, won er würdi mache. Schliesslech geit das dä nüüt aa.

«Ja, du hesch rächt. D Mönschheit wird nid besser, we mir über se lamentiere. U der Müller wird wäg mym Glafer o nid gsünder. Also. Was hei mer hüt?»

«Mäntig», seit der Grau wahrheitsgmäss.

«Eh, das weis i dänk o!», meckeret dise. «I meine, was steit hütt aa? Mir göh nes doch afe einisch im Intranet ga informiere, was so gloffe isch über ds Wuchenänd. De dänken i, hesch du no di zwo Aazeige vo letschter Wuche z bearbeite. Gnietige Züg, i weis. Bruchsch bis am Mittag derfür?»

«Das längt ömel nie! I mues no schnäll uf d Gmeind ga abkläre wäge däm Ybruch vo letscht Wuche u de mues i o no schnäll ga luege wäge däm Outo i der Garasch u de sötti schnäll ...»

«... vo mir us chasch de o langsam», meint der Fahnder troche u gseht, dass der Sepp Grau zur Tür us trappet.

Ja, trappet. Obwohl der Sepp geng vo schnäll redt, isch er langsam. Wahrschynlech der Langsamscht under de Polizischte uf der Polizeiwach Interlake. U o nid der Zueverlässigscht.

«Irgendwie en arme Cheib. D Intelligänz het er ja nid grad mit Suppelöffle ygflösst übercho.»

Der Fahnder merkt, dass er mit sich sälber redt. Drum lat er syner Gedanke lysli la wyterschweife. Är überleit, wie das für ihn wäri, so ohni Frou. Ohni sys Roseli. Undänkbar!

Aber äbe, me mues o öppis tue derfür. Vo nüüt chunnt nüüt. U der Sepp isch halt e fertige Mürggel. E Pascha oder e Matscho oder so öppis.

Uf jede Fall steit er vo der Gsinnig här zimlech rächts usse. U dert trifft er syner Gsinnigsgnosse, wo o der Meinig sy, d Froue sygi nume derfür da, für de Manne ds Ässe z choche u ne ds Bier näbe Fernseh z stelle. So gseh isch es verständlech, dass der Sepp Grau ke Frou het übercho.

Die hüttige Froue lö sech halt o nümme alls la biete. Zum Glück!

Der Morge isch verby ggange, wie so mänge Mäntig Morge. Läse über Vergangnigs, läse über nöij Rächtserlass, verarbeite vo der Poscht. Läse vo der

Tageszytig – das ghört bim Fahnder Flück zur Arbeitszyt u isch e wichtige Teil vo syre Tätigkeit.

Us der Zytig vernimmt er, was dusse geit. Un är het mit syre grosse Erfahrig scho mängs zwüsche de Zyle chönne läse, wo ihm bi der Ufklärig vonere Tat gholfe het.

Es chlopfet. Der Sepp steit zögernd im Türgreis: «Darf i …?», fragt er schüch u wartet.

Är het es gälbs Dossier i der Hand u dütet druf. Dermit söll der Fahnder merke, dass er öppis z frage hätti. Dä lat ne aber chli zable u seit: «I … bi nid sicher …»

«Was heisst das?», fragt der Wartend no schücher.

Das isch das, wo der Fahnder mit syne Wort het wölle erreiche. Är steit uf, nimmt e Stellig y wie ne Schouspieler im Theater u rüeft: «Dem Mutigen hilft Gott!» Derby schwänkt er der rächt Arm vo links nach rächts, wie ne Buur, wo Gwächs sääit.

«Hör doch uf mit dym bölde Theatere», meckeret der Sepp. «Dyner Tällspielsätz chasch de für e Aabe bhalte. Hie inne hei die nüüt z sueche», git er no eine druf.

«Jetz han i gmeint, dyner Gsinnigsgnosse stöhie ufe Täll. Uf ds Rütli. U uf ds Demonstriere, dert», zündet ne der Fahnder aa. Aber der Sepp stygt nid druf y. Är weis, wie heikel das Thema bi sym Vorgsetzte isch.

«Los, i hätti da e Frag zu dere Aazeig», seit er mutz.

U du hocke si beid a rund Tisch. Sachlech hilft der Fahnder em Polizischt Grau syner Problem z löse.

Der Fahnder ginet. Es isch e stränge Tag gsy. Är het zwar rächt vil alte Züg chönne erledige, aber er merkt, dass ihn ds Läse – u das Gläsnige de o no z verstah – je lenger je meh beansprucht. Obwohl er sechs eigetlech nid wott ygestah, schrybt er di langsameri Verarbeitig doch öppe einisch sym Alter zue.

Wil er dänkt, hütt sygi gnue polizeieret, aber wils für Fyrabe z mache no grad chli gar früech isch, reckt er ache zu sym private Mäppli u nimmt e Broschüre use. «Textbuch zu Schillers Wilhelm Tell» steit dert druffe. U de no ds Jahr u der Name vo der Regisseurin. Är bletteret chli drinn ume.

Ds Textbuech het er letscht Samstig übercho. Über ds Wuchenänd isch er nid derzue cho, dry z luege. Drum het ers i ds Büro gno. Är het ghoffet, es ergäbi sech de einisch e Glägeheit, chli drinne z blettere.

«Ja nei, das chas doch nid sy!», rüeft er lut.

U, obwohl gar niemer im Büro isch, wo chönnti zuelose, dopplet er nache: «Was het äch die dänkt? Wahrschynlech nid vil. Süsch hätti si nid usgrächnet mir so vil vo mym Text gstriche.»

Ds Tällspiel het uf di nöij Saison hi e anderi Regie übercho. E Frou.

U wies bi jeder nöie Inszenierig isch, het o die ds Tällspiel umgschribe. Schillers Original cha me nämlech nid so uffüehre, wien ers gschribe het. Das würdi vil z lang duure.

U jedi Regie het Rahmebedingige, wo si yzhalte het. Zum Bispiel d Züglete. Di meischte Zueschouer sy sech gar nid bewusst, dass es nid so eifach isch, düre Summer dür e Buur z finde, wo ne Horde Chüeh über d Tällspielaalag züglet. D Chüeh sy nämlech zu dere Zyt normalerwys z Alp. Aber o vom zytleche Ablouf här isch es geng wider erstuunlech, was da gleischtet wird. We Chüeh underwägs sy, loufe die ihre Trapp. U der Buur mues fasch uf d Sekunde gnau vo deheime chönne wägmarschiere, damit er genau zu der richtige Zyt bi der Uffüehrig isch.

Aber o uf d Zueschouer mues Rücksicht gno wärde. Rächt vili chöme mit der Bahn. Drum mues d Uffüehrig zytlech so fertig wärde, dass es dene no für ufe Zug gäge hei längt.

Es git no meh chlyneri Vorgabe. Aber vom Text här isch d Regie frei.

U ufem Bödeli wartet me jedes Jahr wider gspannt ufe Zytigsbricht vo der Premiere. Dä entscheidet de bi öpperem derna, öb er i däm Jahr ds Tällspiel wott ga luege oder öb er doch de ehnder no es Jahr wott warte.

«Was hesch z futtere?», underbricht öpper ds Textbuechläse vom Fahnder.

«Jetze het doch die my schön Text däwä gchürzt. Da bruchen i ja gar nümme z gah. Nume für di paar wenige Sätzli fürezbrösmele, der ganz Summer opfere ...», rüeft er us u merkt nid, dass er gschyder gschwige hätti.

Vor ihm steit nämlech breitbeinig u ärnscht der Konrad Hess! U dä cha sech vilecht scho für ds Tällspiel begeischtere. Aber ganz sicher nid derfür, dass sech syner Mitarbeiter während der Arbeitszyt mit privatem Züg beschäftige.

Drum seit er i strängem Ton: «Es isch erstuunlech, was elteri Fahnder bi üs doch meine mache z dörfe! Darf i di bitte, dy sicher spannendi Lektüre uf d Syte z lege, damit mer öppis zäme chöi bespräche. Oder hättisch ds Bedürfnis, über dys Problem z rede?»

«Giftzwärg!», dänkt der Fahnder. Das Schimpfwort stammt zwar nid vo ihm, aber passe tuets.

Der Poschtechef isch e chlyne, rothaarige, sportlech ussehende Maa. Füfedrissgi. Mit Famile. Über die weis me aber ufem Poschte praktisch nüüt. Der Hess erwähnt se nume denn, we si ihm öppis chönnti nütze.

U das isch äbe genau di Art, wo em Fahnder vo Aafang aa ufe Wecker ggange isch. Dä jung Schnuderi het ihm vo Aafang aa zeigt, dass är der Boss isch. Dass der Fahnder Flück für ihn nume eine isch, wo under ihm wärchet. Dass er nume eine isch, won er cha desumebefäle, ysetze – u o versetze, wes mues sy. Churz: Der Hess u der Flück sy vo der erschte Sekunde aa gsy wie Hund u Chatz.

Natürlech het me das gäge usse nid gmerkt. Daderzue sy si beid scho z lang Polizischte. Aber innerhalb vom Kantonspolizeiposchte het me öppe einisch über di verbale Duell, wo sech di beide gliferet hei, gschmunzlet.

Beliebt isch der Poschtechef eigetlech bi niemerem. U mängge Polizischt, wo sech nid derfür het gha, em Konrad Hess d Stange z ha, isch froh gsy drüber, dass wenigschtens der Fahnder Flück däm Giftzwärg d Stirne bbotte het.

«Wen i de gägenüber dir es Bedürfnis ha, sägen igs de scho. U jetze tue mi entschuldige, i ha Fyrabe u my Frou wartet deheime uf mi», seit der Fahnder u wott d Jagge vom Chleiderständer näh.

«I ha nid gfragt, öb mer öppis chönne bespräche. I

fordere di nume uf, dy privati Lektüre uf d Syte z tue, damit mer öppis chöi bespräche.»

Das «damit» chunnt mässerscharf vom Poschtechef här. U dä lat überhoupt kener Zwyfel la ufcho, öb der Fahnder würklech no einisch müessi abhocke, oder nid. Also no nüüt vo Fyrabe!

«Hesch du ds Personaldossier gstudiert?» Me merkt, dass der Hess geng no suur isch.

«Nei», seit der Fahnder mutz.

«Du weisch, dass morn am Morge hie inne öpper Nöis aafat?», chunnts geng no bissig.

«Ja.» Der Fahnder schaltet uf stuur.

«So, fertig grindet. Red, wiso du di nid vorbereitet hesch. Wiso du dyne Ufgabe nid nachechunnsch. Wiso du di myne Ufträg widersetzisch.»

«I tue e nöie Mitarbeiter nach syre Art, nach syne Fähigkeite, nach syne Müglechkeite u sym Verhalte beurteile. U di Aagabe findet me nid i dene Dossiers. Die Schrybereie nimen i de füre, wen i mir sälber es eigets Bild über di Person gmacht ha. Vorhär nid. I ha i de letschte fasch drissg Jahr Polizeiarbeit mänge Mitarbeiter gseh cho u gseh gah. Un i dänke, dass i fähig wirde sy, di erschte Stunde mit emene nöie Mitarbeiter chönne z verbringe, ohni mi vorhär über Schuenummero, Ougefarb u Zivilstand vo däm informiert müesse z ha.»

Ohni grossi Emotione het der Fahnder das gseit. Der Konrad Hess merkt, dass er da nid wyter chunnt: «Ja nu. I dänke, dass du das Mal würklech gschyder uf mi glost hättisch. Chumm de morn nid zu mir cho jammere! So. U jetze chasch gah. Aber vergiss de dys Tällspiel nid. Hie, ds Textbuech – für deheime!»

Chli ufgwüehlt, wil ne sy Chef bim Privätle verwütscht het, nimmt der Franz ds Textbuech, packt sy Jagge u geit zum Büro us.

Är nimmt sech vor, morn am Morge früech doch de no churz i das Dossier z luege. Schliesslech – u das isch äbe o Erfahrig – het ihm der Chef ja e Tipp ggä. U so eine sötti me nid usser Acht la. O wen er vomene Konrad Hess chunnt.

Kes Wülchli zeigt sech am Himmel. Es liechts Aaberot lüchtet vo de umligende Bärge u d Vögel zwitschere i de schönschte Tön vo de Böim obe ache. Der See lüchtet inere wunderbare, türkisähnleche Farb. D Matte stöh voller Blueme u d Glogge vo de Chüeh bimbele z fride.

Das alls gränzt scho fasch chli a Kitsch. Aber es isch ächt. Me füehlt sech wie i de Ferie.

Wil d Tourischte no nid so zahlrych umenand sy, wie de im Summer, lö sech di Yheimische füre u gniesse di no ruehegi Stimmig.

Es isch die Zyt, wo d Lüt, wo ufem Bödeli wohne, no Platz für sich hei. U si näh sech dä Platz o. Mit spaziere, velofahre, oder eifach mit gniesse.

«Gsundheit, Schatz!» Ds Roseli u der Franz Flück hocke zäme amene Tisch u proschte sech zue. Wie zwöi Verliebti luege si sech aa.

Ds Roseli heisst eigetlech Rosalia. Aber so ne fürnähme Name passi nid zu ihm, seits albe, wes druf aagredt wird.

Es strahlet über ds ganze Gsicht u o der Franz schynt ganz locker z sy.

Won er isch hei cho, het ne sy Frou mit em Vorschlag überrascht, zäme usswärts ga z ässe.

Syt dass ihri Tochter uszoge isch, hei si das öppe einisch gmacht. Früecher isch settigs – u zwar nid nume wäge der Tochter – nid mängisch im Jahr drinn gläge.

«Weisch no, won i bi schwanger gsy? Wo mer gratiburgeret hei wägem Hushalt?», fragt ne ds Roseli.

«Was meinsch dermit?», seit der Franz, wil er nid gnau weis, was sy Frou ihm wott säge.

«Eh weisch, i ha vori grad dene Eltere zuegluegt, wo da i ds Restaurant yne sy cho. Mit ihrem chlyne Chnopf im Wägeli. Minder heisse si. I kenne se vom Froueverein här.»

Ds Roseli Flück sitzt uf sym Stuehl u bewegt zum Rede d Ärmli.

Das machts meischtens, wes öppis am Verzelle isch. U je stercher dass es sech ergelschteret, je umfangrycher wird sy Ärmliarbeit. Aber es isch nid öppe em desumefuchtle mit ne. Nei, es brucht se eifach für das z understryche, wos wott säge. Tuets äch eso, wils nid grad es Grossgwachsnigs isch?

U no öppis änderet mit der Ergelschterig: d Gsichtsfarb. Je stercher dass sech d Arme bewege, je farbiger wärde d Backe vo dere Frou.

Das isch öppis, wo der Franz a sym Roseli bsunders gärn het. Drum hets es de scho öppe ggä, dass er no chli aagä het, we ds Roseli het aafa brichte. Eifach nume, damit sys Froueli so Bärnerrosebäckli het übercho, wien er dene albe seit.

«Är wärchet ufenere Bank, z Interlake. U d Frou het e eigeti Boutique am Höhewäg. Stell dir das einisch vor. Beidi wärche hundert oder no meh Prozänt – u hei näbezueche no so nes chlyses Chind! Klar het er syner Eltere i der Nechi. U die luege dür d Wuche dür zu däm Chnopf. Aber das isch ja grad ds Problem vo üser Gsellschaft. Beidi wei ga wärche – ja, si wei! Si müesste nämlech nid, we si sech zu Gunschte vom Chind chli würde yschränke. Si wei sech aber äbe zwöi Outo leischte. Vier Wuche Ferie am Meer. U i nes paar Jahr wei si es eigets Huus ha. Für das alls chönne z finanziere, bruchts äbe zwöi ganzi Ykomme. U wils hüttigstags zum guete Ton ghört, het me näbscht de beide Outo, de Ferie am Meer un em eigete Huus, halt o no eis oder zwöi Chind. Ds Chind wird i der hüttige Zyt für vili uf di glychi Stuefe gstellt wie Outo, Ferie u Huus. Ghört zum Läbesstandard, wo me sech cha leischte. Wott chönne leischte. Wie we nes Chind e Waar wär. Wie we das wie Outo, Ferie u Huus zu der Grundusrüschtig vo der hüttige Familie würdi ghöre. Da bin i scho stolz druf, dass mir das anders gmacht hei. Bi üs isch üses Chind denn e Teil vo üsem Läbe worde. Mir hei weder Outo, no Ferie am Meer, no es eigets Huus gha. U o nid brucht. Mir sy e Familie gsy u hei di Famile o gläbt. Si isch bi üs im Mittelpunkt gstande. Nid zäme mit andere Güeter. Un i bi dir, Fränzeli, ganz fescht dankbar, dass du nid so egoistisch dänkt hesch, denn, wo üsi Barbara isch uf d Wält cho.»

Si leit em Fahnder sy Hand i ihri u strychlet ihm mit ihrer andere Hand sanft übere Handrügge.

«Ja, Röseli», seit er.

Das Kosewort brucht er sälte. Aber jetze hets ne dünkt es passi da häre.

«Aber du muesch nid mir dankbar sy. Mir hei das denn beidi zäme entschide. I ha denn meh verdienet als du. U drum bin i vo Huus u du bisch deheime bblibe. Wärs umkehrt gsy, de wärisch du use. Verdienet han ig dusse, u du dinne. Beidi zu glyche Teile. Hütt hei mer halt geng no kes Outo. U o nes Hüsli wei mer nümme. Derfür fahre mir mit em GA u wohne inere Mietwohnig. Aber i wetti überhoupt nid tusche mit Outo u Hüsli. Stell dir vor, we mir es eigets Hüsli hätte. De wäre mir jetze, statt z Seebad am Rosé trinke, deheime am der Raase määje. U das wär de würklech schad für dä schön Früehligsaabe.»

Si luege beidi ufe See use.

Zwöi Segelboot dümple vor ihne gmüetlech im Wasser. Me weis nid, wei die no use oder chöme si a Land.

Ds Aaberot wird stercher.

Di Beide luege ueche a Grat. Di letschte Schneebitze lige i de Gräbe. Dert wo se d Loui häre gheit het.

I de nächschte Wuche wärde o die em Grüen vo de Matte Platz mache. U gly druf wärde scho di erschte Chüeh uf di saftige Weide usgla.

E herrlechi Stimmig.

E Fride ligt über der Gägend.

Si sy öppe einisch z Seebad, ds Roseli u der Franz. I däm chlyne Dörfli isch zwar fasch alls uf d Tourischte usgrichtet, aber i der Zwüschesaison merkt me nid vil dervo. U das gfallt ihne.

Näbscht em Strandbad, wo däm Dörfli der Name ggä het, hets z Seebad o ne Bootshafe.

Dä isch, wie ds ganze Dörfli, idyllisch gläge. Chli

inere Bucht inne, gschützt vor de höche Wälle, wos durchus cha gä, we öppe der Föhn blast.

D Aalegeplätz vom Hafe sy a d Bewohner usem Bödeli vermietet. D Boot wärde drum vor allem i der Zwüschesaison bewegt.

Während der Hochsaison hei di Yheimische anders z tüe. Drum isch z Seebad scho jetze rächt vil los.

Die Yheimische gniesse di Rueh vor em grosse Sturm, u nid wenegi vergnüege sech a de schöne Früehligsaabete i de zwo Beize vo Seebad.

«Eigetlech schad, für ds Hotel Bad. Das isch früecher es stattlechs Huus gsy u isch guet gloffe. Bis dass d Krise isch cho u me gmerkt het, dass der damalig Bsitzer ke Rappe i d Renovation gsteckt, aber mänge Franke usem Betrieb usezoge het», dänkt der Franz lut über d Hotelsituation z Seebad nache. «Derby steit ds Hotel Bad a der schönschte Lag vo däm Dorf. Aber äbe. Mit dene öppe sächs Bsitzerwächsel i de letschte füfzäh Jahr, isch ds Hotel o nid jünger worde. U mänge Bsitzer het, statt wien er gmeint het, Gäld chönne drus z nä, Gäld verlore. Wäm ghörts jetze eigetlech?», fragt er ds Roseli.

Är weis, dass sy Frou über mängs Bscheid weis, wo so under der Hand brichtet wird.

Ds Roseli isch nid, wie mes öppe de Froue nacheseit, es Tschäderwybli. Nei, wes mues sy, de chas schwyge wie nes Grab. Aber es isch interessiert a allem wo passiert. U es isch e sehr gueti Zuehörere.

Wil ds Roseli bi der Spitex wärchet, u o im Froueverein tätig isch, überchunnts halt mängs mit. Der Fahnder het im Roseli scho ds einte oder andere Mal e ganz gueti Informantin gha u scho mänge Fall het er ersch dank syre Frou u ihrne Beobachtige u Gedanke chönne löse.

«Emene Slavo Kostic», seit ds Roseli. «U dä heigi vor, ds ganze Hotel i Teilschritte z eröffne. Zersch wöll er ds Restaurant uftue. Schynbar uf di nöij Saison hi. So wien i das Huus aber aaluege, chönnti das de no schwirig wärde.»

Beidi luege zu däm grosse Geböid übere.

Gäge See useligt ds Restaurant. Me gseht, dass dert d Fänschter bereits ernöieret sy worde. U ds Gländer vo der grosse Terrasse isch früsch gstriche.

Wil si liecht höcher als der Seespiegel ligt, cha me vo dert us wunderbar em Gscheh ufem See zueluege.

Chli vom See furt steit ds eigetleche Hotel.

E grosse Chaschte. So eine, wies z Interlake no e Paar het. Aber äbe. Ds ganze Huus isch imene schlächte Zuestand. D Felläde hange zum Teil afe schreg näbe de Fänschter. U ds Glas vo dene isch o nümme grad a allne Orte dicht.

Schärbe lige vorusse am Bode u im Parterre hei Lüt aagfange d Muure mit Sprayereie aazchare. Eigetlech es truurigs Bild. U schad für ds Ortsbild vo däm chlyne, ärdeschöne Fläckli im Bärner Oberland.

«Danke vil Mal!», säge si beidi fasch glychzytig, wo ne d Serviertochter es Täller ufe Tisch leit. Fischgschnätzlets mit Röschti isch ihres Lieblingsgricht. Derzue e feine Johannisbärg u de sy ds Roseli u der Franz fasch im sibete Himmel.

«E Guete!», wünscht ds Roseli.

«Glychfalls», seit e entspannte Franz.

Gmüetlech föh si aa, sech am Ässe z erfröie.

«U dä im Landhotel wott schynbar o usboue»,

nimmt ds Roseli der Fade wider uf. «Är heigi äntleche chönne e Ligeschaft am See erwärbe u wölli dert es zuesätzlechs Restaurant eröffne. Das git de Läbe i das chlyne Dörfli. Oder ömel de wider einisch Konfliktstoff für di beide Hoteliers ...»

«... Grichteliers seit me ne ja, wil si sech i de letschte zwänzg Jahr wahrschynlech meh vor Gricht, als hie z Seebad, gseh hei», ergänzt der Franz.

Beidi müesse lache.

Seebad ligt chli ab vo de grosse Tourischteschtröm. Es het nid vil Ywohner. Nume öppe zwänzg Wohnhüser stöh rund um di chlyni Bucht, meh oder weniger wyt vom Ufer ewäg.

Erreiche tuet me das Dörfli über ne nid allzu breiti Strass, wo vo obe här ache zu der Bucht füehrt.

Im Dorf stöh drü Hotel.

Näbscht em kabutte Hotel Bad, wo diräkt am See ligt, u drum di schönschti Lag hätti, steit chli vom See zrugg ds Hotel Strand. Hinder der Dorfstrass steit ds Landhotel.

U schynbar sy di beide Näme der Grund gsy für di Stürmereie, wo meischtens vor Gricht gändet hei. Ds hüttige Hotel Strand het früecher Hotel Eidgenossen gheisse. Wo di jetzegi Bsitzere das Hotel gchouft het, het si das i Strandhotel wölle umtoufe. Dadergäge isch der Bsitzer vom Landhotel natürlech Sturm gloffe u ds Gricht het du der Name Strandhotel verbotte.

Drum isch usem Eidgenoss ds Hotel Strand worde.

Syt denn lige sech di beide Parteie i de Haar u möge sech chuum ds Zahnweh gönne.

«Näh mer no es Dessert?», fragt ds Roseli erwartigsvoll. Es weis, dass der Franz nachem Ässe ehnder es Schnäpsli, als öppis Süesses nimmt. Drum dopplets nache: «Oder nimmsch e Grappa?»

«Nach so emene feine Ässe wärs sünd u schad, mit Zucker dryzfahre. Damit mer aber d Röschti de di Nacht nid z schwär ufligt, wär sehrwahrschynlech e Grappa nid schlächt.»

Derby zwinkeret er mit sym lingge Ougsdechel em Roseli zue …

Si bstelle du e Bananesplit für ds Roseli u ne italiänische Grappa für e Franz.

U du luege si wider i d Wyti vom See.

Uf der Velofahrt vo Seebad gäge hei zue, het ds Roseli em Franz du no aafa vom Telefon vo der Barbara brichte.

Ihri Tochter läbt, zäme mit ihrem Fründ, syt zwöi Jahr z Oustralie. Un es gseht gar nid derna us, wie we di Zwöi i der nächschte Zyt wider wetti zrugg i ds Bärner Oberland cho. E Tatsach, wo em Roseli öppe einisch z Schaffe macht.

Der Franz weis das. U drum hei si du deheime no lang über d Zyt brichtet, wo ihrers Töchterli no bi ihne gwohnt isch. Ds Roseli isch sogar no ga ds Fotoalbum reiche.

U so hei si du dä gmüetlech Aabe no ganz fyn u zärtlech beändet.

We der Fahnder spät geit ga lige, chan er am Morge glych nid lenger schlafe. Är isch i der Regel eine vo de Erschte im Büro.

Das isch o a däm Morge nid anders. Won er der Computer ufschaltet, het er zersch syner Mails ache glade. Da hets nüüt Wichtigs drunder gha. Drum geit er no uf ds Intranet. Dert cha jede Polizischt im Kanton Bärn ga luege, was i der letschte Zyt im Kanton polizeilechs gloffe isch.

Ds Meischte isch für e Fahnder unwichtig, wils Sache beschrybt, wo irgendwo im Kanton passiert sy. Da blettert er sech schnäll derdür. O hütt am Morge. Chli desinteressiert überflügt er Mäldige über ne Schlegerei z Biel, über hüslechi Gwalt z Köniz oder über ne Outounfall uf der A1.

Plötzlech aber stutzet er.

«Das darf doch nid wahr sy!», rüeft er. «Das gits ja nid!», no einisch. Unglöibig luegt er ufe Bildschirm u rybt sech d Ouge. Was er dert list, geit ihm bim erschte Mal no nid ganz yne.

Drum fat er no einisch vo vorne aa, di churzi Mäldig z läse. U zwar lut: «Gestern Abend, kurz nach 22.30 Uhr, brannte in Seebad das Hotel Bad vollständig nieder. Die sofort alarmierte Feuerwehr konnte, trotz schnellem Eingreifen, einen Totalschaden nicht verhindern. Die Brandursache ist noch nicht bekannt. Brandstiftung kann aber nicht ausgeschlossen werden.»

«Brandstiftung kann nicht ausgeschlossen werden», widerholt der Fahnder no einisch.

U scho erwache i ihm Bilder vom geschtrige Aabe. Är dänkt a ds Gspräch über d Hoteliers z Seebad. Über ds Verhältnis, wo die dert underenand hei. Über d Konkurränz, wo vom Hotel Bad här chönnti entstah. Hätti chönne entstah.

Un er dänkt o dra, dass ds Roseli un är geschter am Aabe, grad um di zähne, mit de Velo näbe däm Hotel düregfahre sy. Sie zwöi sy vilecht di Letschte, wo das

Hotel no i intaktem Zuestand gseh hei. U vilecht – we sech ömel de Brandstiftig würdi bestätige – hei si sogar der Brandstifter troffe. Es tschuderet ne!

«Guete Morge», chychet eine zur Tür y.

Der Franz weis, dass es der Obermorgemuffel Sepp isch, wo ihn da meh schlächt als rächt grüesst. Mängisch het er Bedure mit ihm.

Was mues das für ne Läbtig sy, über mängs Jahr so ganz elei z wohne. Ohni Beziehig. Ohni Bezugsperson. Är isch einisch meh froh, dass er sys Roseli het.

Un är isch o dankbar. Drum nimmt er sech vor, dass er de hütt vorem Mittag für ihns schnäll ache i Coop wott ga nes Blüemli chouffe.

«Sälü Sepp», git der Franz zrugg.

Am Liebschte möcht er ihm scho vom Brand z Seebad verzelle. Aber er weis, dass der Sepp um die Zyt no nid ufnahmefähig isch u dass är ihm de ds Ganze e halb Stund später no einisch müessti verzelle. Drum schwygt er u probiert sech afe einisch sälber es paar Notize zu däm Brand z mache.

Zwar giengs ne eigetlech nüüt aa. E Brand isch Sach vom BEX. Vom Dezernat Brände und Explosionen. Die sy diräkt der Kriminalabteilig z Bärn understellt. D Regionalfahndig wird i der Regel ersch z Hilf gno, we me merkt, dass öppis Unlutters chönnti derhinder stecke.

Ds Problem isch nume – u das weis der Fahnder us Erfahrig – dass me nie weis, wenn dass ds BEX ufe Platz chunnt. Mängisch erschyne si scho es paar Stund nach Brandusbruch, u mängisch chas de duure.

U wil d Brandfahndig äbe mtischtens nid so schnäll uftoucht, wott der Fahnder dä chly Vorsprung nutze.

Das het aber no e andere Grund: Der Brandfahnder von Arx, wo normalerwys i ds Oberland chunnt, man er nid. Für ihn isch das e stolze, arrogante, blasierte Laggaff. So seit er ihm aber nume, wen er mit em Roseli über ihn brichtet.

Das het ihm einisch erklärt, dass es eigetlech scho komisch sygi mit ihm. Mit allne Polizischte chömi är ohni Problem us. Sygs Vorgsetzti, Undergäbeni oder Spezialischte. Mit allne heigi är es guets Verhältnis. Ussert mit sym diräkte Chef – u mit em Brandfahnder. Mit Zwene, won er geng wider z tüe heigi u ne drum gar nie chönni us Wäg gah.

Der Fahnder weis o nid, wiso das so isch. Di zwee Manne sy für ihn eifach wie nes rots Tuech. Scho wen er se gseht, lüchte bi ihm sämtlechi rote Warnlampe uf.

Är chunnt mit de Gedanke wider zrugg zum Brand. Wien er gläse het, sy d Kollege vom Poschte Interlake di Nacht scho vor Ort gsy.

Är nimmt sech vor, se bi nächschter Glägeheit persönlech ga über d Ydrück z befrage.

«Chunnsch o oder magsch nid?», äfft der Sepp Grau i ds Fahnderbüro yne.

«Eh, wie die Zyt vergeit!», seit der Fahnder mit Blick uf sy Armbanduhr.

«Chume!», rüeft er em Sepp nache, wo vorusgeit.

Jede Morge, em zäh vor achti, müesse si zum Rapport im oberschte Stock erschyne.

Im Sitzigszimmer wärde si vom Poschtechef über d Ereignis vo de letschte vierezwänzg Stund informiert un es wird o brichtet, was i de kommende Vierezwänzg vorgseh isch.

De chöme öppe no Informatione vo Bärn, wo müesse a d Polizischte bracht wärde.

Der Poschtechef leit grosse Wärt uf Information. Mängisch tüechts der Fahnder zwar, me verbringi der Tag fasch nume no dermit, z informiere. Öb de da würklech o alls geng müessi gseit sy, isch er sech drum nid so sicher.

O dä vo de Mails versteit er nid. Sy Chef bringts fertig, däm Polizischt, wo näbe ihm im Büro wärchet, es Mail z schicke, statt ihm ga z säge, was er von ihm wott.

Settigs geit em Fahnder ufe Wecker u öppe einisch üsseret er sech o drüber. Meischtens mit mässigem Erfolg. U nid sälte wird er mit kritische Blicke beleit oder beduurend belächlet. Ömel vo de jüngere Polizischte.

«I gah dervo us, dass jede vo öich vom Grossbrand z Seebad mitübercho het», fat der Konrad Hess aa u luegt so gschickt i d Rundi, dass er problemlos a de Gsichter cha abläse, wär hütt am Morge zersch ds Intranet isch ga aaluege oder wär zersch d Gaffeemaschine im Pouseruum bsuecht het.

Dass er sech diräkt nach settige Frage syner Notize macht, isch mittlerwyle jedem Polizischt klar. Me weis o, dass di Notize bim Mitarbeitergspräch ufe Tisch chöme. U ds Mitarbeitergspräch isch ja de o no Lohnwürksam …

«Wie dir wüsst, isch der Fahnder Müller chrank. Är wird üs i de nächschte Monet nid zur Verfüegig stah. Mir isch es aber – dank myne Beziehige zu Bärn – glunge, e sofortige Ersatz z übercho. Es isch – d Frou Gafner. Si het vor zwöi Jahr d Polizeischuel mit emene usgezeichnete Resultat abgschlosse, het bis jetze z Bärn bi der Mobile gwärchet u wott sech bi der Fahndig la wyterbilde. I hoffe, dass sech d Regionalfahndig positiv uf di nöij Mitarbeitere wird ystelle un i hoffe o, dass bsunders du Franz, di intensiv um se wirsch kümmere.»

«Lööl», dänkt der Fahnder. «Grad wien ig mi bishär nid um myner Mitarbeiter kümmeret hätti.»

U du lut: «Wo isch si de, d Frou Gafner?»

«Si wird jede Ougeblick hie yträffe. Bis denn hätti no wyteri Informatione», brichtet er u orientiert über Ufgabe, wo ihm für e nächscht Tag wichtig schyne.

«U jetze wider zum Brand z Seebad. I dänke, Franz, du wirsch di mit dyne Lüt da derhinder mache. Ds BEX het mer bereits telefoniert. Si syge scho uf Platz. Also, drahi! Aber dänk dra: Ds BEX isch fäderfüehrend, nid der Fahnder Flück.»

Der Franz cha nümme antworte, wil d Tür ufgeit u alli gspannt uf d Aakunft vo der nöie Mitarbeitere warte.

Alli Ouge sy uf se grichtet u der Erscht, wo me ghört, isch der Sepp Grau: «E Negere!», rüeft er.

Em Fahnder Flück chunnt i Sinn, dass er sech geschter am Aabe no het vorgno, hütt am Morge ds Personaldossier vo der nöie Chraft düre z läse. Är weis jetze, warum ne der Chef no speziell druf ufmerksam gmacht het.

«Guete Morge mitenand», seit di Frou imene ganz normale Bärndütsch. U fahrt wyter: «I bi d Svenja Gafner. Bi sibenezwänzgi. Ufgwachse bin i ufem Beatebärg. I ha der Gymer z Interlake bsuecht u ha aaschliessend Lehrere gstudiert. Vor drü Jahr bin ig i d

Polizei RS u ha aaschliessend zwöi Jahr z Bärn bi der mobile Polizei gwärchet. Wil i wider zrugg i ds Bärner Oberland ha wölle, u wil mi d Fahndig scho geng speziell interessiert het, isch mir der Entscheid liecht gfalle, won i d Aafrag ha übercho, öb i z Interlake zur Fahndig wöll. U no wäge der Negere: I dänke, dass allne klar isch, dass grad mir als Polizischte das Wort nid z bruche hei. I sälber chume nid usem afrikanische Kontinänt. I bi z Beatebärg ufgwachse. U bi Schwyzere. Süsch hätti wohl chuum chönne Polizischtin wärde. Myner Vorfahre sy Tamile. Drum my dünkleri Hutfarb. Aber jetze hätti ig no ne Frag: Kennet dir hie ds Göttiprinzip o?»

Der Erscht, wo nach dere Erklärig Wort findet, isch der Chef: «Ja, das kenne mir. Warum fraget dir?»

«I hätti drum e Wunsch. Es wär schön – we du my Götti würdisch.»

U dermit zeigt si ufe Sepp Grau: «De chönntisch du mi i d Polizeiarbeit hie ufem Interlakner Poschte yfüehre un i chönnti dir zeige, dass i ke Negere bi.»

Si strahlet über ds ganze Gsicht u niemer weis, öb si strahlet, wil si em Sepp Grau het chönne entgäge ha oder öb si würklech Fröid hätti, däm Polizischt z zeige, dass o andersfarbegi Lüt Mönsche sy.

«I dänke, das isch e usgezeichneti Idee», seit der Poschtechef. «Un i dänke, der Sepp wird yverstande sy, gäll Sepp?»

Was isch däm Tscholi anders übrig bblibe? Är het nume mürrisch mit em Chopf gnickt.

Nach dere spezielle Begrüessig het der Poschtechef d Svenja vo Polizischt zu Polizischt gfüehrt u het ihre jede Mitarbeiter persönlech vorgstellt.

Am Schluss isch er bim Fahnder Flück glandet: «Der Franz Flück würdi eigetlech gschyder Fuchs heisse. E schlaue, grissne, aber mängisch o ne eigesinnige Fahnder. Das isch öie nöi Chef un i hoffe, dir chönnets guet zäme. Franz, häb mer de Sorg zu der Frou Gafner.»

Mit däm Wunsch lat er di nöij Mitarbeitere bim Franz la stah u dä git der Svenja d Hand: «Willkomme hie bi üs! I bi der Franz. Un i hoffe, der Sepp heigi dir der Ystig nid allzu hert vermyset. Är meints meischtens nid so, wien ers seit. Gäll, Sepp?»

Dä steit dernäbe u seit nüüt. Was het er no wölle säge? Einisch meh füehlt er sech als Depp im Umzug. U einisch meh het er vonere Frou eis uf ds Dach übercho.

«So. Mir wei drahi», rüeft der Fahnder u geit vorus, d Stäge ab, düre Gang hindere, i sys Büro. D Svenja u der Sepp im Gänsemarsch hinde dry.

Nachem geschtrige Sunnetag hei sech über Nacht Wulche ygschliche un es isch o rächt chalt worde. Ömel für d Jahreszyt. Aber das isch i dere Gägend nüüt ussergwöhnlechs.

Ds Gebiet zwüschem Thuner- un em Brienzersee isch zwar bekannt für ds milde Klima. Aber grad im Früehlig gspürt me ufem Bödeli öppe einisch, dass me halt i de Voralpe ligt u d Viertuusiger gar nid so wyt wäg sy.

Uf der andere Syte merkt mes de o, wes i de Bärge föhnet. Da chas de o ufem Bödeli chutte u a de Böim ume hudle. U nid sälte styge d Temperatur scho im Früehlig uf summerlechi Wärt.

Der Sepp Grau u der Fahnder Flück fahre mit emene Polizeifahrzüg i Richtig Seebad.

Der Sepp am Stüür. Der Fahnder fahrt nume no, wen er unbedingt mues. Vor es paar Jahr het er das Mödeli aagfange u d Polizischte hänsle ne geng no öppe einisch, wil si ihm säge, e Polizischt, wo nid Outo fahri, sygi doch gar ke Polizischt. Höchschtens e Parkbuessezeddeli-Verteiler.

Settegi Bemerkige hei der Fahnder aber nid plaget. Är isch überzügt, dass es für ihn guet isch, we Anderi fahre. Schliesslech chan er bim näbedranne Hocke besser dänke.

«Weisch wenn dass es z vil Usländer i der Schwyz het?», fragt der Sepp u luegt zum Fahnder übere. Wil dä nüüt seit, fahrt er schnäll wyter: «Wen e Türgg u ne Tamil im Schlussgang vom Brünigschwinget stöh!»

Är lachet grediuse übere eiget Witz. Der Fahnder verzieht ke Mine.

«Eh tue doch nid so», lachet der Sepp. U wil der Fahnder geng no nüüt seit, mofflet er: «E Tamilin! Usgrächnet e Tamilin! E Frou an sich wäri ja scho Belaschtig gnue für üsi Fahndig. Aber de no e N ...»

«Stopp!», befihlt der Fahnder barsch. «Häb rächts use!» No geng im Befählston.

Der Sepp erchlüpft ab däm Ton därewäg, dass er fasch i ne Zuun yne fahrt. Won er du aaghalte het, seit der Fahnder mässerscharf, so dass der Sepp, wo doch scho syt Jahre mit ihm zäme wärchet, no grad einisch erchlüpft:

«We du no einisch ds Wort Negere, im Zämehang mit der Svenja Gafner, i ds Mul nimmsch, überchunnsch es mit mir z tüe. U merk der o no grad: D Svenja isch e Schwyzere. E Schwyzere. Ghörsch! Öb das dir jetze passt oder nid. Öb das dyne rächtsgrichtete Kumpane i Gring yne wott oder nid: D Svenja Gafner isch e Schwyzere. O we si e anderi Hut-farb het als du un ig. Un i verlange vo dir, dass du vor ihre Respäkt zeigsch. Si het di als ihre Götti gwählt. Du weisch sehr genau, was das für di heisst. Es isch e langjähregi Tradition uf der Wach Interlake, dass sech der Götti emene junge Polizischt aanimmt. Ihm zeigt, was hie bi üs Bruch isch. Aber o fachlech hesch du ihre als Götti z hälfe. Si het sehr gueti Qualifikatione u isch willig, hie bi üs öppis z lehre. Also gä mir ihre di Müglechkeit u understütze se. I erwarte das nid nume vo dir, nei, i verlange das vo dir.»

So dütlech het der Franz Flück no sälte zu eim vo syne Mitarbeiter gredt. Es het ne aber dünkt, es sygi nötig.

Natürlech het o är Müei mit der Tatsach, dass d Svenja Gafner usgseht wie ne Tamilin. Un är weis o no nid gnau, wie das de usechunnt, wen er se zu Befragige mitnimmt oder we si mues es Protokoll ufnäh.

Aber är wott ihre e Chance gä. Schliesslech isch si usbildeti Kantonspolizischtin u het ds Aarächt, sech dörfe wyterzbilde.

U we si zu der Fahndig wott, isch das ihri Sach. Sy Ufgab isch es, ihre müglechscht vil vo sym Wüsse u vo syre Erfahrig mitzgä. U für di Ufgab hei weder Gschlächt no Hutfarb e Rolle z spile.

Wo si vo obe här uf Seebad ache gseh, seit der Fahnder em Sepp, är söll aahalte. Är stygt us u luegt uf das Dörfli ache.

D Strass schlänglet sech der Hang z dürab, de wenige Hüser zue.

Uf de Matte stöh verstreut es paar Schürleni. E Buur fahrt mit sym Äbi über ds Land. Es stinkt nach Bschütti u der Fahnder füehlt sech gstört vo däm Gstank.

Är hätti gärn no einisch di fridlechi Stimmig vo geschter Aabe la ufcho. Drum luegt er zum Landhotel. U de übere zu der Brandruine.

Em Fahnder loufts no einisch chalt düre Rügge ab, won er dra dänkt, dass er geschter, churz vor Brandusbruch, näbe däm Hotel düregfahre isch. A ne friedlechi Stimmig isch nid z dänke – aber nid nume wäge der Bschütti.

Der Fahnder gspürt, dass di bruefleche Gedanke überhand näh. Är wott ache ufe Brandplatz.

Scho vo wytem gseh si e Maa, wo uf se zue stüret: «Guete Morge Flickli», rüeft dä zuckersüess – imene abverheite Oberhasli-Dialäkt.

«Guete Tag, Brandfahnder von Arx», antwortet der Fahnder so sachlech, dass es ihn no grad einisch tschuderet. Das Mal aber wäge de eigete Wort.

«Sälü Franz», git der von Arx o sachlech zrugg.

«Was weis me scho?» Der Fahnder het nid im Sinn, lang mit em Brandfahnder z rede u stüret drum mit dere Frag diräkt uf ds Problem zue.

O ne Ussestehende hätti gmerkt, dass d Chemie zwüsche Fahnder u Brandfahnder nid stimmt.

Der Brandfahnder geit no nid uf di Frag y u grüesst zersch der Sepp.

Mittlerwyle sy o no di andere beide Mitarbeiter vom BEX zu dere Gruppe gstosse.

Ersch jetze orientiert der Brandfahnder so, wies der Franz Flück gärn het: sachlech, korräkt, ohni grosses Palaver.

«Also. Brandusbruch isch öppe em viertel ab zähni gsy. D Mäldig isch vomene Passant cho, wo churz vorhär ds Landhotel verla het. Bim Yträffe vo der Füürwehr isch ds Huus bereits im Vollbrand gstande. D Füürwehr het aber e Übergriff uf d Nachbargeböid chönne verhindere u het sech drufache müesse uf ds Lösche vo de nah dis nah ystürzende Geböideteil beschränke. Z rette isch nümme gsy. Persone sy kener z Schade cho. Der Sachschade chan i no nid beziffere.»

Der Franz stuunet geng wider über dä Brandfahnder. Dä het vo ihm usgseh zwöi völlig underschidlechi Gsichter.

Uf der einte Syte – u das isch die, won er eigetlech guet mag u o achtet – isch der Max von Arx e sachleche, überleite, sehr erfahrene u kompetänte Brandfahnder, wo scho i unzählige Brandruine Sache usegfunde het, dass di beteiligte Polizischte nume hei chönne stuune u d Chöpf schüttle drüber.

Der Fahnder het vo ihm o scho mängs chönne lehre. Drum mags ne eigetlech, dass dä von Arx äbe no es anders Gsicht het. Eis won er gar nid mag. So wie dä nämlech usgseht, würd er bi der Mister-Schweiz-Usscheidig jede andere Kandidat schla.

U ds Usgseh gieng emänd no. Was der Fahnder stört isch, dass der von Arx sech äbe o so benimmt:

wie ne Mister Schweiz. Wie wen er no müessti säge, dass er der Schönscht u der Bescht syg. Är zieht d Froue aa wie der Chuedräck d Flöige.

U das Bild wideret der Fahnder dermasse aa, dass er bi jeder Begägnig mit em Brandfahnder en Art Hass entwicklet – wo de aber wider i Achtig umschlat, sobald dä sachlech wird.

«Weis me scho öppis über d Brandursach?», fragt der Sepp Grau.

Der Fahnder lächlet uf de Stockzähn, wil er d Antwort vom Brandfahnder scho kennt. Är isch em Brandfahnder sälber zwöi Mal druf yne gheit.

«Ja, me weis öppis. Mit allergröschter Wahrschynlechkeit …» u jetze macht er es sehr wichtigs Gsicht, luegt zum Sepp übere u steigeret mit dere Kunschtpouse d Spannig «… isch Füür derzue cho!»

U mit lutem Glächter vo ihm u syne Hälfer lö si der Sepp la alt usgseh.

«Lööl!», seit dä, wils ne närvt, we anderi Fröid a syre Tollpatschigkeit hei.

«Hehe! I bi de der Brandfahnder von Arx. U ke Lööl», seit dä sachlech u hert. «Nei, über d Brandursach weis me no nüüt. Das isch z früech. Einzig übere Standort vom Brandusbruch chan i scho brichte. Em Ysturzbild nah z schliesse, isch e Brandusbruch im Chäller fasch sicher. I ha d Plän la cho u wirde öich de wyter orientiere, wen i Nechers weis.»

Der Fahnder luegt übere ufe Brandplatz. Us dene Trümmer use rouchnets geng no chli u me gseht o, dass d Füürwehr no e Brandwach het la stah, für Gluetnäschter chönne z lösche.

Der Fahnder cha aber einisch meh nid verstah, wiso

me us emene settige Schutt u Grümpelhuffe use no cha säge, wos da het aafa brönne.

«I dänke, dir föt nächschtens a mit de Befragige. Als Erschts würdi mi d Ussag vo der Person, wo d Brandmäldig gmacht het, interessiere», seit der Brandfahnder.

U ohni wyteri Wort z verliere, ohni adiö z säge, stolziert dä der Brandruine zue.

Wider schlückt der Fahnder läär, wil er em von Arx sy sportlechi Figur mit sym nid grad düretrenierte Körper verglycht.

«Söttisch halt o chli öppis für d Fitness tue», erratet der Sepp syner Gedanke.

Der Fahnder git gäj zrugg: «Wie meinsch das?»

Dä seit troche: «Da gits nüüt z meine. Da gits nume z luege. Bilder sprechen Bände. I dänke …»

«… wer allzuviel bedenkt, wird wenig leisten!», git der Fahnder zrugg. Är isch nid sicher, öb der Sepp das Zitat überhoupt richtig verstande het.

Si hei du der Maa, wo der Brand gmäldet het, no befragt. Usecho isch aber nume ds Üebleche: Dass es sehr lang ggange sygi bis d Füürwehr sygi cho, dass d Füürwehrlüt aber – für ihn total unverständlech – zersch näbe ds Füür gsprützt heige, statt dry, u dass er fasch müessi vermuete, dass d Füürwehr das Geböid absichtlech heigi la achebrönne.

Der Fahnder het ihm chli öppis über d Taktik vo der Füürwehr verzellt u hoffet, dass er daderdür der Grüchtechuchi, wo i settige Fäll sowiso schnäll aafat plodere, chli het chönne d Wermi entzieh.

Si hei sech du nümme lang z Seebad ufghalte u sy i ds Büro zrugg.

Dert het se d Svenja begrüesst: «So. I hätti mi jetze ygrichtet u wäri für Arbeit z ha.»

Si lächlet.

Der Fahnder luegt se stober aa, fasset sech du aber u seit: «Guet. I hätti dir grad der erscht Uftrag. Z Seebad hets di Nacht brönnt. Ds Hotel Bad isch bis uf d Grundmure z Bode. Der Bsitzer, e gwüsse Slavo Kostic, isch mir sälber nid bekannt. Probier einisch, was du alls über ihn useüberchunnsch. Aber nid so, dass er merkt, dass mir Informatione über ihn sammle. Übrigens isch er nid, oder no nid, tatverdächtiget. I mues eifach Date über d Umgäbig vom Hotel Bad ha. Je meh, desto besser.»

«Guet. I gah drahi», seit d Svenja u setzt sech a ihre Arbeitsplatz.

Der Fahnder het geng no chli Müei mit em Usgseh vo der Svenja. Drum hocket er uf sy Stuehl u lat ds Bild vo ihre vor sym innere Oug la stah.

Dass si dunkelhütig isch, isch sicher der wichtigscht Punkt. Es isch aber nid nume das.

Är kennt mängi Polizischtin. Die sy fasch usnahmslos sportlech, gerteschlank, hei churzi Haar, es strängs Gsicht, churz: es sy halbi Manne. Bi der Svenja isch alls anders. Si isch nid grad übergwichtig. Se aber als schlank z bezeichne, wäri lätz.

U o d Grössi isch nid grad typisch für ne Polizischtin. Di hundertsächzg Centimeter, wo gforderet sy, für überhoupt chönne i d Polizei RS yzträtte, wird si nume knapp überschritte ha.

Si schynt o ehnder e Muetertyp z sy, mit ihrer rächt

liebleche Usstrahlig. Nüüt vo Strängi oder Herti. Das, wo si bi der Begrüessig gseit het, isch wahrschynlech ygüebt.

Är cha sech vorstelle, dass si scho unzählegi Mal isch aaggange worde wäge ihrem Usgseh. U dass si bi gwüsse Kreise als Usländere gilt, nume wil si dunkel isch, weis der Fahnder o.

Är lachet, wil ihm e Gschicht mit em Sepp Grau i Sinn chunnt. Dä het sech vor Jahre bi ihm einisch über das «Asylantepack» usgla.

Du isch der Fahnder mit ihm a ds Bürofänschter gstande, het ache ufe Oschtbahnhofplatz gluegt, u ihn gfragt: «Wie underscheidisch du vo hie obe ds Asylantepack vom Tourischtepack?»

Der Sepp isch unsicher worde u het nüüt gseit. Derfür der Fahnder: «We du mir vo hie obe us chasch säge, wär da unde Asylant u wär Tourischt isch, de chasch ab sofort hie i däm Büro über d Asylante flueche sovil de magsch. We das aber nid chasch, de verlangen i, dass du hie i däm Büro inne kes diskriminierends Wort meh über Frömdi seisch.» Är het der Sepp vorem Fänschter la stah u isch zu sym Bürotisch zrugg.

Der Sepp het no lang usegluegt. Gseit het er nüüt. Aber vo denn a isch er gägenüber em Fahnder mit Bemerkige über Asylante vorsichtiger worde.

E wyteri Befragigsrundi isch aagseit. Der Fahnder u der Sepp stöh vor em Landhotel. Es isch eigetlech ds Chlynschte vo de drü Hotel i däm Ort. Un es ligt o nid ganz so ideal wie di andere Beide.

D Dorfstrass füehrt zwüschem Landhotel un em

See düre. Wil das aber ke Durchgangsstrass isch, halte sech der Lärme u d Beyträchtigunge i Gränze.

Vilecht wils äbe e chli chlyner als di beide andere Hotel isch, würkts härzig. Nid so mächtig.

Es isch pflegt. Me gseht, dass d Bsitzer vil Wärt uf ds Erschynigsbild lege.

D Hotelyfahrt füehrt vo der Strass us imene Halbrund vor ds Hotel. Rings um di Yfahrt het e Gärtner sys ganze Chönne präsentiert. Es sy Früehligsblueme, wo i aller Pracht lüchte. Di Farbe gäbe – zäme mit der sandgfärbte Fassade vom Hotel – es Bild vo Mittelmeer u Sandstrand.

Es richtigs Feriehotel also.

Ds Bsitzerehepaar vom Landhotel isch vorhär übere Bsuech vo de beide Fahnder orientiert worde.

«Grüessech Frou Hofer. Grüessech Herr Hofer. Danke, dass mir dörfe verby cho. I wetti nid lang störe u drum grad diräkt frage: Wüsst dir öppis übere Brand vo letscht Nacht?», fragt der Fahnder u gspürt, dass er hie ke wyterhälfendi Antwort darf erwarte.

Glychwohl het er sys schwarze Büechli ufgschlage. I das schrybt er Gedanke u Stichwort. Sys chlyne Hirni seit er däm. Es het ihm bi syne Ermittlige scho mängisch dienet.

«Nei, was sötte mir drüber wüsse?», fragt der Hotelier erstuunt. «Wiso interessiert das eigetlech d Fahndig? Isch öppis Unrächtmässigs am tue?»

«Nei, das cha me so nid säge. Aber i dänke, dass o dir zwöi u zwöi chöit zäme zelle. Un es isch o bi der Polizei kes Gheimnis, dass dir mit der Bsitzere vom Hotel Strand nid grad ds beschte Verhältnis heit», bringts der Fahnder ufe Punkt.

«Das stimmt. D Frou Motto isch nid grad üsi Lieb-lingsnachbarin», seit jetze d Frou Hofer. «Aber was söll das mit em Brand vom Hotel Bad z tüe ha?»

«Das wüsse mir natürlech o nid. Mir sy eifach am Fakte sammle u am Lüt befrage. Vilecht ergit sech de mit der Zyt öppis drus. Mir wäre froh, we dir nech würdet mälde, we nech öppis würdi i Sinn cho.»

Dermit steit er uf, verabschidet sech u louft – zäme mit em Sepp – gmüetlech übere i ds Hotel Strand.

Ds Hotel Strand steit chli links vom Landhotel. Aber uf der andere Syte vo der Strass. Also zwüschem See u der Strass.

E wunderbari Lag. Aber das isch äbe o scho alls. Im Gägesatz zum Landhotel gseht me däm Chaschte hie aa, dass er syner beschte Jahr scho lengschte hinder sech het.

D Fassade hätti e Renovation nötig u o der Um-schwung ladt nid grad zum Feriemache y. Aber das isch d Problematik vo de Hotels im Bärner Oberland. Damit me chönnti attraktiv blybe, müessti me inves-tiere. Für das bruchtis aber Gäld. U das wei d Banke äbe nume no für Geböid userücke, wo si o chöi sicher sy, dass d Usgabe o wider ynechöme.

U bim Hotel Strand schyne di Sicherheite nid vor-hande z sy.

«Was suechet dir hie?», fragt e energeschi, ehnder elteri Dame.

Si passt zum Hotel. Mit eim Underschied: Bi ihre het me i Renovationsarbeite investiert. Öbs nützt?

«I ha nid gärn Polizei i mym Huus», dopplet si gif-tig nache.

Ihrer lüchtend wysse Zähn, wo doch so gar nid zu ihrem runzelige Hals wei passe, zeigt si wie ne Hund wo ruret.

«Grüessech Frou Motto.» Der Fahnder tuet betont ruehig u gmüetlech. «Nüt verunguet, dass mir störe. Aber mir ermittle im Brandfall Hotel Bad u hei eigetlech vorlöifig nume d Frag, öb dir öppis wüsset drüber.»

«Natürlech weis i öppis drüber! Die da hinde», u dermit macht si e Handbewegig i Richtig Landhotel «wei ja scho syt langem Seeastoss. Das Ghütt da näbe dranne isch ne aber im Wäg gstande. Drum hets furt müesse.»

«De syt dir der Meinig, dass ds Hotel Bad isch aazündet worde?», fragt der Fahnder u beobachtet o hie ganz gnau jedi Regig im Gsicht vo der Frou Motto.

«Ömel brönnt hets, oder?» seit si schnippisch u wott gah.

«Entschuldigung, mir sy no nid fertig!», rüeft ere der Fahnder ergerlech nache u chehrt chli der ehemalig Polizeiwachtmeischter füre.

«Was weiter de no?» Si seit das über ihri Schultere übere u drääit em Fahnder derby provokativ der Rügge zue.

Dä seit nüüt u provoziert sälber. Är zeigt ihre nämlech, dass er mag gwarte, bis si sech wider aaständig zu ihm drääit.

«Ds Landhotel het – wen i guet underrichtet bi, u globet mer, das bin ig i der Regel! – bereits Seeastoss. Oder stimmt das nid?» Me gseht, dass dä Schuss i ds Schwarze breicht het.

D Frou Motto spöit völlig, wo si i aggressivem Ton

45

seit: «Ja! Di Schelme! Ergouneret hei sis vo dene arme, eltere Lütli. U zwar nume für mi z ergere. Nume wil si mi unbedingt wei wäg ha. Dene isch jedes Mittel rächt. So. U jetze sötti no wärche. I has nid so schön wie d Polizei, wo chli cha im Züg desumeplöiderle.»

Dermit stolziert si di wunderschöni, aber äbe chli verblätzeti Rundstäge ueche i erscht Stock.

Der Fahnder u der Sepp Grau stöh da u schüttle d Chöpf.

«Hesch ghört, Franz? Desumeplöiderle tüeje mir, het si gseit. Tüppisch Frou. Geng am Stänkere!», meckeret der Sepp.

Der Franz antwortet: «Eh das muesch nid so äng gseh. We dir ds Wasser – u zwar nid das vom See – würdi bis zum Hals stah, würdisch du vilecht o so reagiere.»

Underwägs zum Büro wird der Fahnder per Funkspruch vo der Mitteilig überrascht, dass der Füürwehrkommandant ufem Poschte uf ne warti. Das dünkt ne gspässig.

Me gseht em Franz Flück d Überraschig o bi der Begrüessig no aa: «Sälü Franz. Sälü Sepp», grüesst der Kommandant.

Me kennt sech. Polizei u Füürwehr wärche äng zäme u me het öppe einisch mitenand z tüe.

Der Kommandant isch no nid lang im Amt. Aber är schynt e fähige Maa z sy. Der Fahnder het ömel dä Ydruck.

«Was füehrt di zu üs?», begrüesst der Sepp dä Füürwehrmaa fragend.

«Eh, i ha e chli es kuurligs Problem u weis nid genau, won i söll aafa», seit der Kommandant.

Der Fahnder lat ne la dänke u di richtige Wort sueche. Är weis, dass zuelose u möge gwarte mängisch ehnder zum Erfolg füehre, als frage.

«Mir hei i letschter Zyt i üser Füürwehr Fähmäldige gha. Das gits geng öppe. Aber si hei sech i de letschte öppe drei Monet ghüfft. U si sy o geng umfangrycher worde. Am Aafang sys banali Brandmäldige gsy, wo sech als Fählmäldige entpuppt hei. Müehsam sy settegi Mäldige aber glych, wil me ja ersch vor Ort weis, dass nüüt passiert isch. Später sy d Mäldige du perfider worde. D Ysatzzentrale z Thun het üs zum Bispiel einisch ufbotte, wil uf der Umfahrig Därlige e Tanklaschtwage u ne PW syge zäme gfahre. U si het o no gmäldet, dass der PW brönni. Dir chöit nech vorstelle, was da imene Füürwehrmaa inne vorgeit, wo mues usrücke. Katastrophebilder chöme da füre. E PW u ne Tanklaschtwage! U der PW in Brand ..!» Der Kommandant schwygt u me merkt, dass settegi Szenarie o emene erfahrene Füürwehrmaa a ds Läbige chöi gah.

«Ytem», fahrt er wyter. «Zum Glück isch uf der Umfahrig ke Unfall gsy u mir hei wider chönne yrücke. Wil aber di Mäldige langsam sy läschtig worde, han i mit myne zwee Stellverträtter d Lag analysiert u mir hei o d Müglechkeit i Betracht zoge, dass es öpper us de eigete Reihe chönnti sy, wo so Mäldige uslöst.»

«E fürchterleche Gedanke. Aber abwägig isch er leider nid», seit der Sepp.

Der Kommandant fahrt wyter: «Ja. Leider müesse

mir zur Kenntnis näh, dass sehr vil Brandstifter aktivi Füürwehrlüt sy. Drum hei mir du sämtlechi Fählmäldige vo de letschte füf Monet näbenand gleit u gluegt, wär vo üsne Lüt alls im Ysatz isch gstande. U du hei mer feschtgstellt, dass ei Person bi all dene Alarme isch im Ysatz gsy u hei vorgeschter abgmacht, dass mer dä Füürwehrmaa chli wei beobachte. Wil d Erfahrig zeigt, dass settegi Spieli mit Fählmäldige aafö u mängisch mit Brandstiftige ufhöre, han i dänkt, i chömi öich üser Gedanke cho mälde. Heit dir übrigens vom BEX scho öppis ghört über d Brandursach z Seebad?»

«Es sygi Füür derzue cho», seit der Sepp schnäll. Weder der Fahnder no der Kommandant reagiere.

«Nei, mir wüsse no nüüt Gnaus», stellt der Fahnder fescht. «Aber danke der afe einisch vil Mal für dyner Mitteilige. I würdi vorschla, dass du mit em Sepp es Profil vo däm Maa ufnimmsch. Aber ei Frag hätti glych no: Isch er di Nacht o derby gsy?»

«Äbe nid!», git der Kommandant enttüscht zrugg. «Aber es isch ja o ke Fählmäldig gsy. Drum müesse mer ne wyter beobachte.»

«Also. Danke vil Mal für ds Mitdänke. U wär weis, vilecht bringt dä Brand dä Maa zur Vernunft», hoffet der Fahnder.

«Oder äs stachlet ne aa, sälber z probiere, Füür z lege …», git der Füürwehrkommandant z bedänke.

«Mir weis nid hoffe!», schliesst der Fahnder das Gspräch.

D Svenja, der Sepp u der Fahnder hocke zäme am runde Tisch i sym Büro. Si lose aagsträngt was da us ere Stereoaalag use für Tön chöme. Scho zum xte Mal lose si geng wider ds Glyche. Es sy d Tonufnahme vo de Fählmäldige.

Der Fahnder het die sofort nachem Gspräch mit em Kommandant, bi der Regionale Ysatzzentrale z Thun aagfofordert.

Är drückt am Grät d Stoptaschte u seit: «Was wüsse mer us dene Ufnahme use? Svenja?»

Si isch erstuunt, dass si vorem Sepp Grau darf rede u seit: «Mir hei eidütig zwo Stimme. Meischtens e Männlechi. Zwöi Mal aber e Wyblechi. D Stimme schyne verzerrt. Ömel so chunnts mir vor.»

«Sepp?», fragt der Fahnder.

«Dere Meinig chan i mi aaschliesse. Wyter isch mer ufgfalle: Hindergrundgrüsch gits kener. Beidi Persone hei o ne ähnleche Wortschatz. Ehnder en Eifache. D Mundart isch es Allerwältsbärndütsch», ergänzt dä.

«Also mir hei eigetlech kener Aahaltspünkt», fasst der Fahnder enttüscht zäme.

«Mir chönnte der Kommandant u vilecht es paar anderi Füürwehrmanne di Stimme la lose. Vilecht chöi die se ere Person zueordne», schlat d Svenja vor.

«E gueti Idee. Aber ersch morn. I dänke, für hütt hei mers. Häbet e schöne Aabe – u morn nid z früech», lachet der Fahnder u macht sech für e Fyrabe parat.

«Wir passen auf umsonst. Es will niemand dem Hut seine Referenz erweisen.» Lut, u us voller Bruscht, rüeft der Fahnder Flück di Wort. Steit breitbeinig da – u het e Bäsestil i der Hand.

«Nur schlecht Gesindel lässt sich sehn und schwingt uns zum Verdruss die zerlumpten Mützen», seit en Andere u luegt zum Fänschter us.

«Halt, halt!», rüeft jetze e Frou energisch derzwüsche. «Leuthold, säg dyner Wort em Friesshardt. Eigetlech redsch du ja mit ihm, nid mit em Volk. U de tue doch no chli anders betone. Nur schlecht Gesindel... Gesindel mues me dütlech ghöre. U überzügt mues das sy. Du tönsch chli so, wie wes der glych wäri, öb du dä Huet bewachisch oder öb du irgendöppis Anders tuesch. Also chli meh Füür dry lege.»

«Aber letschts Jahr ...», wott dä aafa erkläre.

D Regisseurin fahrt dry: «... isch letschts Jahr gsy. Hüür isch aber hüür. U hüür sägen ig, wien igs wott ha. Also no einisch di dritti Szene.»

D Regisseurin steit wider zrugg u der Franz Flück, als Friesshardt, setzt wider zu sym Sätzli aa.

Es isch Tällspielprob. No nid verusse. Ersch dinne i der Tällstube.

Obwohl beidi Manne ihri Rolle nid ds erschte Jahr spile, isch es jedes Jahr wider e Nöiaafang. Jedi Inszenierig bringt Änderige.

U i däm Jahr schynt sech di nöij Regie wölle i d Nessle z setze. Ömel der Fahnder dünkts. Är haltet nid vil vo dere Nöigstaltig. Das het er a der erschte Prob klar u dütlech zum Usdruck wölle bringe, het aber du müesse feschtstelle, dass sy Meinig gar nid gfragt isch. D Regisseurin het em nid emal en Antwort uf syner Ywänd ggä.

Das ghört halt hie o derzue: folge. U das isch ja eigetlech das, wo ihn am Tällspiel so fasziniert. Syt es paar Jahr spilt er mit. E Kolleg het ne denn derzue

50

bracht. Un är het Fröid a däm Hobby übercho. Ihm gfallts, wie uf der Freiliechtbühni e grossi Anzahl Lüt, Jahr für Jahr, em Schiller sys Stück uffüehre.

Es sy kener Profis, wo dert spile, sondern alls Amateure. Di Meischte chöme usem Bödeli, also vo dene Gmeinde u Dörfer, wo zwüschem Brienzer u Thunersee lige.

Är weis nid genau, wie lang dass es ds Tällspiel scho git. Vilecht hei si denn nachem Chrieg dermit aagfange. Das isch ihm ja o glych. Är het eifach der Plousch, zäme mit all dene Lüt ga z probe u de ga ufzfüehre.

Natürlech isch es o ne Belaschtig. Vor allem denn, wen er wäge sym Bruef, wo doch öppe einisch unregelmässegi Arbeitszyte verlangt, mues fähle. Aber süsch gfallts ihm. Uf dere Naturbühni z stah, mit all de Andere der nöi Text z lehre, z interpretiere, de Aawysige vo der Regie probiere z folge, das sy Sache, wo ihm passe.

U passe tuets ihm natürlech o, dass er i ne anderi Rolle cha schlüffe. Use usem Polizischt. Use usem Franz, em Ehemaa vom Roseli Flück. Use us der gwohnte Umgäbig. Yne i ne ganz anderi Zyt. Mit ganz andere Chleider u ganz andere Vorussetzige. U nid z Letscht gfallt ihm ds Mitmache im Tällspiel o, wil er dert e Gouner cha spile. Der Friesshardt. Scho di dritti Saison spilt er di Rolle.

Vorhär het er es paar Jahr im Volk mitgspilt. Ohni öppis müesse z säge. Isch eifach eine gsy under Vilne. Jetze isch er aber e Gouner.

U das passt ihm!

Einisch uf der andere Syte chönne z stah. Das het

ne denn greizt, won er het ja gseit zu dere Spräch-rolle.

«Schlafsch?», zischet sys Gägenüber.

Der Fahnder erchlüpft. Ganz wyt ewäg isch er mit syne Gedanke gsy. Är het aber doch no di letschte Wort vom Leuthold mitübercho u hänkt drum y: «Du bückst dich auch vor manchem hohlen Schädel!»

«Und du bist auch so ein dienstfertiger Schurke und brächtest wackre Leute gern ins Unglück. Mag, wer da will, am Hut vorübergehn. Ich drück die Augen zu und seh nicht hin», seit der Leuthold u macht dermit Platz für d Mechthild, wo jetze zu ihrem Uftritt chunnt u dermit di beide Manne ablöst.

Der Franz Flück het sy Ysatz beändet u trappet, wien er das öppe nach de Probe macht, no gmüetlech dür ds Tällspielgländ.

Är brucht das – un er gniesst das! Hie uf dere Naturbühni chan er abschalte. Cha der Alltag vergässe u chli d Seel la bambele.

Öppe einisch fröit er sech wie nes chlyses Chind uf di erschte Probe. Äbe uf die Zyt won er no chli cha dür di lääre Tällspielgasse trappe.

Mängisch geit er ganz ueche bis zum Gittertor. Mängisch louft er nume chli ufem Platz hin u här. Gedankeversunke.

Hütt trappet er gmüetlech vorem Huus vo der Familie Täll düre, übere Platz, dert häre, wo de der Huet vom Gessler uf der Stange wird hange, u de übere zum Huus, wo der Freiherr von Attinghausen wird stärbe. De luegt er ueche zu Zwing Uri. Zu der Burg, wo am Schluss no wird brönne.

Plötzlech stutzet er, geit langsam u müglechscht so,

dass ds Chiis under syne Füess nid knischteret, es paar Schritt zrugg. Är het hinder em Huus vom Attinghausen Stimme ghört. Das isch ussergwöhnlech. We d Probe no i der Tällstube stattfinde, isch nämlech normalerwys niemer ufem Gländ usse.

Hütt schynt das anders z sy.

Der Fahnder isch, wien er däm öppe seit, «von Amtes wegen» gwunderig u drum probiert er o hie, Gsprächsfätze ufznäh:

«... isch doch alls verlore!», briegget e Frouestimm. U ne Maa, wo o nid vil besser tönt, seit: «... doch alls ufem Schlitte ... u jetze das ... mir de wyter ... weis nid ... nümme us ...»

U du d Frou wider: «... d Mueter tuet doch ... ma nümme Versteck ... ...wandere, furt ...»

Der Fahnder cha di Gsprächsfätze nid zämesetze u überleit, öb er gäge hei söll. Der Gwunder isch aber stercher.

«... Beiz finde mer ... zäme ha ... mi no gärn ...» ghört er u entnimmt dene Wort, dass da zwöi Liebendi am Problem wälze sy.

Är isch sech überhoupt nid sicher, wär da hinder däm Huus am Brichte isch. Aber irgendöppis seit ihm, dass es wichtig wäri z wüsse, um weles Liebespaar sechs da handlet.

Drum zieht er sech zum Tällhuus zrugg u wott warte, bis sech öppis tuet.

Gar nid lang druf gseht er d «Bertha von Bruneck» übere Platz schlyche. Bertha heisst si natürlech nume im Tällspiel. Süsch heisst si Claudia Motto u isch d Tochter vo der Hoteliere vom Hotel Strand. Für e Fahnder chunnt dä Uftritt überraschend.

D Claudia hätti no nie der Ydruck gmacht, dass si e Partner hätti. Im Alter wär si ja scho, aber …

Wyter chunnt er nid mit syne Gedanke. Imene sichere Abstand zu der Claudia Motto louft jetze e zwöiti Person übere Platz, em Usgang zue. Es isch der «Ulrich von Rudenz». Im eigetleche Läbe der Christian Hofer. Einzigs Chind vom Landhotel z Seebad.

D Äckehaar vom Fahnder trätte in Aktion.

Är gspürt, dass er e sehr wichtegi Entdeckig gmacht het. Eini, wo schynbar niemer darf wüsse dervo.

Damit er müglescht vil vo dene Gsprächsfätze cha bhalte, nimmt er sys schwarze Büechli füre u fat aafa schrybe. Je meh dass er schrybt, je klarer wird ihm der Sachverhalt. D Claudia u der Christian sy nid nume als «Bertha u Rudenz», im Tällspiel also, inenand verliebt. Nei, si liebe sech o im ächte Läbe. U ihrer Eltere chönnte enand Gift gä! Di arme junge Lüt! Was hei die ömel o für ne schwiregi Zuekunft vor sech?

Nach em Morgerapport mit em Poschtechef hocket der Fahnder Flück no mit syne beide Mitarbeiter zäme. Si analysiere der geschtrig Tag u luege no, was hütt alls aasteit.

Vo der nächtleche Entdeckig seit der Fahnder no nüüt. Es dünkt ne, das sygi im Momänt no nid nötig. Insgheim schämt er sech o chli, syne beide Mitarbeiter müesse z gestah, dass er dene zwöi Verliebte zueglost het. Als Spanner möcht er de nid dastah.

«Also», fasst er zäme «mir hei es dür ne Brand zerstörts Hotel Bad. Brandstiftig isch nid usgschlosse. Mir hei e Täterschaft, wo d Füürwehr mit Fählmäldige uf Trab haltet u hei zwöi intakti Hotel. Aber zwo Bsitzerfamilie, wo enand chönnte vergifte. Han i öppis vergässe?», fragt er u luegt di beide aa.

«Ja, dass ds BEX ufem Platz isch», meint der Sepp gnüsslech u luegt uf ds Mienespiel vom Fahnder. Dä lat sech aber nüüt la aamerke u luegt d Svenja aa: «Hesch du öppis übere Bsitzer vom Hotel Bad useübercho?»

«Ja», seit d Polizischtin u büschelet ihrer Underlage. Uf dene het si zeichnet. Mit Striche u verschidene Farbe.

Der Fahnder weis nid genau, was di Gmäld mit ihrem Fall sölle z tüe ha. Ihn dünkts eigetlech, so Malereie sötti si für ihres Privatläbe spare. Dass är sälber öppe einisch private Züg erlediget, weis hie jede. Dass aber e nöij Mitarbeitere scho am zwöite Tag eigeti Gmäld i ds Büro mitnimmt, isch doch chli ussergwöhnlech.

Wo si di Zeichnige aber nimmt u fat aafa erkläre, lat sech der Fahnder nüüt la aamerke.

Si seit: «I ha hie rächt vil Informatione zämetrage. Si sy zimlech umfangrich worde. Dir chöit se de no gnauer aaluege. Hie uf däm Mind Map gseht dir der Verlouf vo de Informatione. Hie …» u dermit fahrt ihre Finger vo der Mitti us, de Striche nache, bis fasch a ds Ändi vom Blatt «… isch der Stamm vo de Härkunftsinformatione. Da steit mängs über d Vergangeheit vom Slavo Kostic. U di Vergangeheit zeigt nüüt Ussergwöhnlechs.»

«E Itsch, wo ke Dräck am Stäcke het, gits nid!»,

meckeret der Sepp. Ds «Heee!» vom Fahnder git wi-
der der Svenja ds Wort:

«Uf däm Stamm hie steit alls Wüssenswärte über
ds Hotel Bad. U hie han i no ds Versicherigswäse aa-
gluegt. My Cousin wärchet bi der Zürich-Versicherig
u die isch zuefälligerwys o d Versicherigsgsellschaft
vom Slavo Kostic. I ha du erfahre, dass der Kostic
vor nes paar Tag d Geböideversicherig vo sym Hotel
massiv erhöht het ...» D Svenja wartet gspannt uf d
Reaktione. U di blybe o nid us. Der Sepp isch schnäl-
ler als der Fahnder: «Has doch gseit. E Itsch, wo
ke...»

«Hör jetze uf mit dym Usländergschwafel!», seit
der Fahnder ergerlech. «Was bi üs zelt sy Fakte. Nu-
me Fakte. Kener Emotione. U Fakt isch, dass der
Bsitzer vom Geböid, churz bevor dass das abfacklet,
d Versicherig erhöht. Scho gspässig. I dänke, hie söt-
te mer aasetze. Sepp, du bearbeitisch d Ufnahme vo
de Fählmäldige. Mit Füürwehrkommandant u so. Du
Svenja chunnsch mit mir. Mir müesse uf Seebad.»

Me merkt, dass der Sepp Grau chli beleidiget isch,
wil er mues Chnüblibüez erledige, währenddäm di
jungi Polizischtin mit em Fahnder i ds Gländ use
darf.

E Momänt het sech der Fahnder überleit, wär söll
fahre. Schliesslech het er der Svenja der Schlüssel i d
Hand drückt u gseit: «Wer führt, fährt nicht!» Dermit
isch für ihn das Thema abghandlet gsy.

Öppis Anders het ihn aber interessiert: «Wie
chunnsch du als Tamilin ufe Beatebärg?»

Är isch sech gwanet diräkti Frage z stelle u merkt

ersch jetze, dass er vilecht bi syre nöie Mitarbeitere chli vorsichtiger hätti sölle a ds Wärch gah.

«Wosch d Läng oder d Churzform?», fragt si.

Der Fahnder weis nid, was er söll säge. Dass das Thema het müesse behandlet sy, isch ihm klar. Schiesslech sitzt da näbe ihm e Frou, u de ersch no e dunkelhütegi. U die isch Polizischtin. Inere Schwyz, wo me mit de Andersfarbige nid geng sanft umgeit.

«Wiso? Hesch du zwo Forme?», fragt er unentschlosse.

«Ja. Di Längi bruchen ig, wes würklech öpper interessiert, di Churzi, we öpper meint, i müessi mi für my Hutfarb rächtfertige.»

«De wetti zersch d Churzform!», seit der Fahnder. U uf ds Erstuune vo der Svenja ergänzt er: «Es dienet mir im Momänt meh, wen i di vo dere Syte lehre kenne. Für d Längform wei mer nes de es anders Mal Zyt näh. Amene gmüetlechere Ort. Vilecht bi mir deheime. I han es Froueli, wo sech fasch für alls interessiert.»

«Also: Gebore bin i in Sri Lanka. Myner Eltere sy Tamile gsy u hei em hinduistische Gloube aaghört. Der Chrieg uf dere Insel het my ganzi Verwandtschaft usglöscht. O myner Eltere sy um ds Läbe cho. E Nachbur isch mit mir u mym Brueder gflüchtet u het üs über weis nid weler Wäge i d Schwyz bracht. Als zwöijährigs Meiteli bin i hie zu Pflegeltere ufe Beatebärg cho. Myner Pflegeltere hei mi adoptiert. I bi ufem Beatebärg i d Schuel u bi dert o konfirmiert worde. Aaschliessend han i z Interlake der Gymer bsuecht u du bin i uf Bärn a d Uni ga Lehrere studiere. Nach em Abschluss bin ig i di Kantonali Polizeischuel. U nach zwöi Jahr bi der Mobile, bin i jetze wider ufem Bödeli glandet. D Frag, öb i zum Tamilische Volk no Kontakt ha, chan i dir so beantworte, dass i mi für ihri Kultur interessiere u drum öppe einisch bi ihne yglade bi. Tamilin wirden ig desstwäge keni. Daderzue bruchts meh, als nume di dunkli Hutfarb», schliesst si ihre Bricht, wo härzlecher verzellt isch worde, als dass er am Aafang tönt het.

«Wiso bisch de du grad usgrächnet zu der Polizei, statt als Lehrerin ga z wärche?», fragt der Fahnder.

«I ha nach der Uni es Jahr lang Stellverträttige gmacht u dert gmerkt, dass i vil z jung bi für uf Schüeler los gla z wärde. Ohni eigetlechi Läbeserfahrig isch das us myre Sicht e Gfahr für di junge Mönsche. Di bruche i der Mittelstuefe, won i underrichtet ha, Halt, Rueh u o chli e strängi Füehrigshand. Aber gang gib de dene das, we de sälber i Bewegig u sälber no am Sueche bisch, wohäre dass di dys Läbe söll trybe. Drum han i mi entschide, öppis Anders z mache. Polizischtin het mi denn e gueti Müglechkeit dünkt, wil i mys psychologische Wüsse cha ybringe. U wil i o cha lehre e eigeti Linie z übercho. Mir gfallt my Bruef u drum möchti müglechscht vil vo de polizeileche Facette lehre kenne.»

Si sy scho lengschte z Seebad aacho u stöh ufem Parkplatz vorem Landhotel.

«Danke vil Mal für dy Ufklärig. Abschliessend hätti aber no e chli e persönlechi Frag. Si dienet mer, für mir mys Bild über di chönne abzrunde: Was machsch du i der Freizyt?»

«Fulänze!», chunnts wie us der Kanune gschosse.

«Nei, so schlimm isch es doch de nid. Aber myner

Rundige chöme nid nume vo myre Unsportlechkeit, sondern äbe o vom Fulänze. I choche gärn. U zwar quer düre Gmüesgarte. Näbscht em Ässe u Fulänze interessieren ig mi o für Naturheilkund u für alls, wo irgendwie funktioniert – u niemer weis warum.»

«Schön, dass du so offe bisch. Dä wägem Ässe chan i nachvollzieh», seit er u strycht mit der rächte Hand über sy Buch. «Mys Roseli chochet so guet, dass o mys Läbendgwicht nid nume vom ufem Bürostuehl hocke chunnt... So. Mir wei drahi», seit er. U du loufe si beidi i Richtig Landhotel.

Das Mal erschyne si unagmäldet. Si träffe der Hotelier a der Reception.

«Aha, d Polizei», stellt er fescht. «Wie chan i öich hälfe?»

«I ha nume zwo Frage. Erschtens: Wo syt dir u öij Frou gsy, denn wo ds Hotel het aafa brönne?»

«Wie fasch jede Aabe sy mir im Restaurant gsy. Beidi. Das chöi öich verschideni Gescht bestätige. I ha mit es paar Kollege gjasset u my Frou het em Service gholfe», seit er. Aber nid ganz fründlech. Me merkt, dass ihn der Gedanke, der Fahnder chönnti i ihne müglechi Täter gseh, närvt.

«Zwöitens?», git er drum chli hässig zrugg.

«Zwöitens möcht ig vo öich wüsse, wies um ds Landhotel steit u wie dir meinet, dass es um ds Hotel Strand chönnti stah.»

Der Herr Hofer wird chli zuegänglecher: «Lueget, es isch nid liecht, hie es Hotel z betrybe. Es isch e ständige Kampf um d Gescht. D Presänzzyt isch enorm. Früecher – aber das interessiert öich ja nid. Also: mir wärche. U dür das geits üs eigetlech guet.

Mir hei e gueti Stammchundschaft u chöi dür das fasch jedes Jahr üses Hotel, Stück um Stück, renoviere. Über ds Hotel Strand cha u wott i nid vil säge. I dänke, dass dir der Underschied zwüschem Hotel Strand un em Landhotel sälber gseht. Wies usse isch, isch es o inne. Das gilt übrigens nid nume für ds Huus ...»

Der Fahnder geit uf di Aaspilig nid y u seit: «Zum Schluss no d Frag nach der Zuekunft: Heit dir Nachwuchs, u was macht dä?»

«Ja, mir hei e Sohn. Är het d Usbildig hinder sech u wärchet im Momänt bi üs. Vorgseh isch scho, dass er de einisch der Betrieb wird übernäh. Aber wär weis, was jungi Lüt für Gedanke u Ideene i sech ume trage?»

«Isch er ghürate?», fragt der Fahnder.

«Nei, da isch no überhoupt nüüt ume. Kollege het er. Aber e Frou? Schön wärs natürlech. Aber findet e Frou, wo i nes Hotel yne passt. Di Verantwortig, dä Ufwand wott hütt nümme jedi jungi Frou uf sech näh. U de sötti si natürlech o no d Usbildig ha derzue. Schwirig. Aber was het das alls mit em Brand vom Hotel Bad z tüe?»

«I weis es nid. Es isch eifach geng no es Sammle vo Informatione. Vile Dank, dass mir hei dörfe frage.»

Das Mal träppelet d Polizischtin em Fahnder nache wie nes jungs Hündli.

D Befragig im Hotel Strand isch churz usgfalle. D Frage sy di Glyche gsy. Nume d Antworte nid. D Frou Motto het se abputzt. Es göng se nüüt aa, wo si ihri Necht verbringi, het si gseit. U wies um ds Hotel stöhij, chönne si de nächschtens ufem Konkursamt ga frage, we die vom Landhotel ihre no wyter d Gescht wägnähmi.

D Frag nach der Nachfolg het si nid sälber beantwortet.

D Claudia isch nämlech a der Reception uftoucht u der Fahnder het se du drum grad sälber chönne frage: «Hallo Claudia. Schön, dass ig di einisch nid i dyre Bertha-Rolle am Tällspiel gseh. Los, i ha zwo persönlechi Frage. Erschtens: Bisch du einzig Chind? U zweitens: Wie gsehsch du dy Zuekunft hie i däm Hotel?»

D Claudia schnappet nach Luft, wird wyss u du rot u presst füre: «I weis es doch nid!» Dermit drääit si sech um u springt der Gang hindere, d Stäge zdüruf.

«Tüppisch Tschugger!», chräit e ufbrachti Frou Motto. «Gfüehlvoll wie ne Ghüdderschufle!»

«De chöit dir mir vilecht di Frag beantworte?», bohret der Fahnder völlig unbeydruckt.

«Wes mues sy: D Claudia isch mys einzige Chind. I bi eleierziehendi Mueter. D Claudia het d Usbildig für das Hotel z übernäh – wes da no öppis z übernäh gäbt. U jetze löt nes i Rueh!», seit di Frou. Nid öppe aggressiv, sondern – zur Überraschig vo de beide Polizischte – zimlech monoton.

Vorem Hotel wott du d Svenja wüsse, wiso äch d Claudia so reagiert heig. Du cha der Fahnder nümme anders, als ihre vo syne Beobachtige im Tällspielareal z verzelle.

«Es kann der Frömmste nicht in Frieden leben,

wenn es dem bösen Nachbarn nicht gefällt», seit d Svenja.

«Weisch vo wäm das isch?», fragt der Fahnder. «Friedrich von Schiller, Wilhelm Tell, churz vorem Mord am Gessler», chunnts wie vo Tälls Armbruscht gschosse.

«Wiso kennsch du di mit Schiller sym Täll so guet us?», fragt er erstuunt.

«Mir hei am Gymer e Lehrer gha, wo ne fanatische Eidgenoss isch gsy. U dä het nes der Schiller als Uf-gab z gä. Es halbs Jahr lang! Uff! U zum Schluss ds Tällspiel. Es hätti sölle der Höhepunkt sy. Mir hei aber der ganz Täll usenand gno u düregläse gha. D Originalfassig, wohlverstande. U wo mer du zum Ab-schluss – äbe so quasi als Höhepunkt – hei dörfe d Tällspieluffüehrig ga luege, hei alli, ussert em Lehrer pennet. Logisch, we de jedes Wort, wo da vor dir gseit wird, uswändig kennsch. Syt drü Jahr gahn i aber regelmässig a ds Tällspiel. Un i ha mi mittler-wyle mit em Herr von Schiller versöhnt.»

Si lachet härzhaft.

Em Fahnder wirds fasch chli warm um ds Härz. Nid wäge der Svenja als Frou, sondern wil si so ehr-lech über «sys» Tällspiel redt. Es isch halt scho e wichtige Teil im Fahnder sym Freizytläbe.

Geng u geng wider finde syner Gedanke der Wäg zu däm faszinierende Läbe als Spiler. U mängisch tröimt er vor sech häre. Tröimt vo Rollene, won er gärn würdi spile. Un är planet insgeheim, dass er sech nächschts Jahr für ne no chli lengeri Rolle wott mälde. Eini, wo no chli meh här git als die vom Schelm, wo der Huet mues bewache.

Si chöme bim Brandplatz aa u luege churz de Brand-
fahnder zue. Di hei mittlerwyle mit emene Bagger
Brandschutt grumt gha u me het sogar chli ache i d
Überräschte vo de Chällermuure gseh.

Dert unde steit der Max von Arx u winkt se zue
sech. Wil si nid grad Bouschue anne hei, probiere si
ohni grössere Schade i ds Chällerloch ache z styge.

«Guet chömet dir. I ha nech öppis z zeige. Öppis,
wo d Situation eigetlech klärt – se glychzytig aber o
schwiriger macht», seit er u dütet uf enes Ding, wo
ähnlech usgseht wie ne Türe.

«Da, i dere heilige Chällerhalle vom Grand Hotel
Bain, da inne – ligt öpper», seit er theatralisch – u
macht e Pouse.

De wie ne Gwehrschuss: «Tod!» – Wider e Pouse.
Der Brandfahnder luegt vo Gsicht zu Gsicht. «Mir
hei da inne o Brandbeschlöiniger gfunde. Alls dütet
druf hi, dass di toti Person der Brand verursacht het.»

Churz u bündig, sachlech u monoton het der Brand-
fahnder di letschte zwee Sätz ache glyret.

«Weis me wärs isch?», fragt der Fahnder schüch.
Är het settegi Situatione nie gärn gha. Si mache ne
betroffe un är het albe gmacht, dass er müglechscht
schnäll vo settige Schouplätz ewäg isch cho.

«Muesch einisch cho luege», lächlet der von Arx.
Aber der Franz weis genau, was dä wott. U we ihm
der Brandfahnder ufene klari Frag e settegi Antwort
git, weis er o, dass da inne nüüt Schöns z gseh wär.
Drum seit er: «Erspar nes das. Mir vo der Regio-
nalfahndig müesse der Tathärgang usefinde. Dader-
zue bruche mer ke Ougeschyn bi nümme identifizier-
bare Persone.»

«Scho lätz!», triumpfiert der Brandfahnder. «Mir hei e Tote. U sobald dä identifiziert isch, wärde die vom Dezernat Lyb u Läbe hie uftouche. U die, i betone, die, wärde der Tathärgang probiere usezfinde. De isch der Fahnder Flück nume no Wassertreger.» Schadefröidig chert er sech um u stoglet über ds Steigwirr i Chäller ache, dert, wo der Totnig ligt.

Der Fahnder rüeft ihm nache: «Hesch rächt, von Arx. I bi denn de vilecht nume no Wassertreger für ds Dezernat. Aber gloub mer, i bi geng no lieber Wassertreger als Schumschleger ...»

Uf der Rückfahrt klärt der Fahnder Flück sy verdutzti Mitarbeitere über ds gspannte Verhältnis zwüsche ihm un em Brandfahnder uf u erwähnt de o no grad sys Verhältnis zum Poschtechef.

Si seit nüüt u tuet so, wie we si sech uf ds Outofahre müessti konzentriere.

Si wärde übere Funk grüeft.

Der Sepp Grau het Nöigkeite: «I ha dänkt, es chönnti öich interessiere: Dä Maa, wo d Füürwehr verdächtiget Fählmäldige gmacht z ha, isch hütt nid uf der Arbeit erschine ... Weit dir no bi sym Arbeitgäber verby? I hätti nech no d Adrässe.»

«Danke für di Information. Ja, das ligt ufem Wäg. Also, bis später!»

Bim Arbeitgäber, emene Getränkehändler, het me für e Gsuechtnig nid grad vil gueti Wort übrig gha. Är sygi ersch syt guet ere Wuche bi ihne u heigi hütt scho zum zwöite Mal gfählt. U o süsch glänzi är nid grad dür heftegi Aktivität. Churz: Är sygi e fule Cheib, wo me wahrschynlech de grad wider wölli los wärde – wen er überhoupt no einisch chöm. Bi settige sygi me da ja de nie sicher.

Im Büro het der Fahnder der Svenja der Uftrag ggä, sech übere verdächtiget Fählmälder schlau z mache u het du beidne erklärt, dass er hütt nümme wölli gstört wärde. Är müessi di hüttige Informatione verarbeite. Morn am Morge wölli me de zäme hocke u ne Standortbestimmig mache.

U de söll der Sepp für morn no e Termin mit em Füürwehrkommandant abmache. Är heigi ne no es paar Sache z frage.

Uf das ache het sech der Fahnder Flück i sys Büro zrugg zoge, het d Türe zue ta, isch uf sy Sässel ghocket u het ds Dossier «Svenja Gafner» füre gno ...

Wo d Türe zu sym Büro ufgeit, erwachet er u erchlüpft. Zum Glück het nume d Svenja yne gluegt. Si het ihm e schöne Aabe gwünscht u het glächlet derzue.

Am nächschte Morge wärde alli Polizischte, wo Schicht hei, vom Konrad Hess i ds Sitzigszimmer befole. Dert het er der Fahnder beuftreit, e churzi Zämefassig übere Brand z Seebad z mache.

«Übere Brand mues i nech nümme brichte. Das wüsset er. Mittlerwyle hei mir aber z Seebad e Tote. D Idendität isch no nid bekannt. Mit gröschter Wahrschynlechkeit isch di Person aber der Brandstifter. Parallel derzue sueche mer eini, oder mehreri Persone, wo d Füürwehr mit Fählmäldige i Trab halte. Mindeschtens ei Person vo dene isch sälber aktiv i der Füürwehr. Di isch aber geschter nid ufem Ar-

beitsplatz erschyne u ne Zämehang zwüsche Fähl-
mäldig u Brandstiftig, zwüschem Vermisste un em
Tote, isch nid uszschliesse.» Me gspürt d Routine wo
der Fahnder bi so Zämefassige het.

«I dänke, chürzer cha mes nümme säge», seit der
Poschtechef.

Der Fahnder weis einisch meh nid, öb er das als
Komplimänt oder als Kritik söll uffasse. Är entschei-
det sech, das als Komplimänt aazluege.

«Läck das isch de Spitze gsy, wie du das gseit hesch.
I gloube, i chönnti das nie», strahlet ds Svenja ihre
Chef aa.

«Bisch ja o ne Frou. Di bruche ds Drüfache a Wör-
ter als d Manne», zigglet der Sepp.

«Derfür hei d Manne grossi Füess, chöme drum nid
a Chochhärd u müesse ds Choche de Froue überla»,
git si spitz zrugg u lachet. Me merkt, dass sis nid
ärnscht meint.

«So. Höret lyre. Mir wei mit de Details aafa. Was
hei mer alls übere Fählmälder? Svenja?», fragt der
Fahnder.

«Der vermuetlech Fählmälder heisst Marc Bigler,
isch vierezwänzgi, verhüratet mit der Milena Bigler,
drüezwänzgi. Chind hei si keni. Si wohne syt zwöi
Jahr hie ufem Bödeli. Glehrt het der Marc Bigler
schynbar nüüt. Was er im Momänt wärchet, wüsse
mer ja. Är isch aber eigetlech syt Jahre arbeitslos u
jobbet nume zwüschyne so chli hie u da. Glägeheits-
arbeiter, halt. U ja: Är het es paar Wuche bim Slavo
Kostic im Hotel Bad gwärchet. Am Umbou vom Res-
taurant.»

«Das isch ömel afe öppis!», seit der Fahnder erfröit. «Der Kostic het der Bigler beschäftiget. Der Kostic het d Versicherig ueche ta. We der Bigler ds Hotel aazündet het, de hätte mer ömel afe einisch es Motiv.»

«De müessti der Bigler aber der Totnig sy», fahrt der Sepp wyter. U mit: «We dä ds Hotel aazündet het u der Kostic ne beschäftiget het – wie isch de das mit dere Versicherig...?» chunnt sy Zämefassig i ds Stocke.

«Überla ds Dänke de Ross, Sepp. Di hei der grösser Gring!», lachet der Fahnder.

U du ärnscht wyter: «Aber wie wärs, we mir der Slavo Kostic würde zure Vernämig ylade u ne de grad sälber würde frage, wie das mit dere Versicherig isch ggange? Mir sötte vo ihm ja sowiso no einiges wüsse. Vilecht klärt sech de ds Einte oder Andere.»

Si luege du, dass si alli drü bi der Besprächig mit em Füürwehrkommandant chöi derby sy u mache drum mit em Slavo Kostic e Termin nach dere Sitzig ab.

Der Füürwehrkommandant erschynt zäme mit emene andere Maa.

Dä stellt sech als guete Kolleg vom Marc Bigler vor u fat aafa brichte: «Der Marc het vor zwöi Jahr churz am glyche Ort gwärchet wien ig. Dür das sy mer o uf d Füürwehr cho z rede un är het gseit, dass er o scho Füürwehr gleischtet heig. Drum han ig ihn du mitgno, u ds Kommando het ne yteilt.»

«Ja, lut myne Underlage», seit jetze der Füürwehrkommandant «het er im Appezällische en Art Grundkurs u o ne Atemschutzkurs bsuecht. Wil jede Kanton sys eigete Füürwehrsystem het, chan i aber nid gnau nachvollzieh, wie wyt sech die Usbildig mit dere im Kanton Bärn deckt.»

«I cha aber säge, dass er sicher nid e schlächti Usbildig het. Wil er dür mi isch i d Füürwehr cho, bin i o geng chli um ihn um gsy u cha das drum o einigermasse beurteile. Füürwehrtechnisch gits über ihn nüüt Schlächts z säge.»

«Aber süsch?», fragt das Mal der Sepp Grau.

«Schlächt isch ds lätze Wort. Es isch eifach so, dass der Marc ehnder chli zu de Fanatische ghört. Är isch sehr hilfsbereit. Wes i de letschte zwöi Jahr e Füürwehrmaa brucht het, het me ihn chönne frage u de isch er cho. Öb das binere Demonstration vo üsne Grät isch gsy, bi der Usbildig i der Jugendfüürwehr oder binere Brandwach während ere Veranstaltig: geng isch der Marc derby gsy. Natürlech geit ihm das o gäbig. Är het ja sälte Arbeit u het drum o vil Zyt für z Füürwehrle.»

«Was wüsset dir de über sys Privatläbe?», fragt der Fahnder u luegt di beide aa.

Der Kommandant lüpft d Achsle u luegt zu sym Kolleg übere.

Dä seit du: «Eh, das isch no schwirig z säge. Är isch ghürate. Aber sy Frou het er nie mit gnoh. Drum weis me eigetlech o nid, wär si isch. Es kennt se niemer necher. U o süsch het er über Privats nid vil gredt. So wien i ghört ha, het er e nid liechti Jugend gha. Bruef het er kene glehrt. Wien er sech dür ds Läbe schlat, weis i eigetlech o nid. I ha ne öppe einisch im Usgang gseh u dert het er mängisch rächti Mängine Bier i sech ynegschüttet. Öb das der Grund vo sym Übergwicht isch, weis i o nid. Aber es chönnti scho sy. Är isch eigetlech e hilfsbereite junge Maa, wo aber ganz sicher e rächte Huffe Chnörz mit sech ume treit.»

«Jetze zu de Fählmäldige», fahrt der Fahnder wyter.

«Ja, das isch irgendwie schreg», seit der Füürwehrmaa. «Es wott mer nid i Chopf, dass der Marc mit dene söll z Tüe ha. U glych wärs scho müglech. Är het öppe einisch gseit, dass es ihm zwenig Äggschen heig. Dass er de öppe einisch chli müessi ga füürtüfle, damit me i dere Füürwehr zum Ysatz chöm. Ärnscht gno het das eigetlech niemer. Settigi Sprüch wärde no vo andere Füürwehrlüt gmacht. Das isch nüüt Nöis. Wen i aber dänke, dass der Marc üse Fählmälder ...»

D Türe zum Rapportrum geit uf.

«Darf i di schnäll usebitte, Franz? Du söttsch dringend a ds Telefon», seit e Polizischt zum Fahnder.

Dä zeigt, dass ihm di Störig nid gläge chunnt. Glychwohl underbricht er ds Gspräch, geit use u chunnt nach churzer Zyt wider zrugg. Mit ärnschtem, bleichem Gsicht.

O ohni dass me der Fahnder necher kennt, gseht me, dass ihn dä Telefonaaruef düreschüttlet. Nachdäm er wider Platz gno het, seit er:

«I ha grad e wichtegi Mäldig vom Brandfahnder von Arx übercho. Si betrifft der Brand z Seebad. D Rächtsmedizin heigi zwyfelsfrei feschtgstellt ...» är macht e Pouse, wil ihn das, won er da z säge het, aaschynend starch berüehrt. «Si hei feschtgstellt, dass der Tot im Chäller vom Hotel Bad – der Marc Bigler isch.»

Es isch still im Ruum. Alli göh ihrne Gedanke nache.

I di Stilli yne seit der Fahnder zu de beide Füürwehrmanne: «Tüet üs jetze bitte entschuldige. Mir müesse üses Gspräch hie abbräche. Es git Dringends z erledige. Mir tüe üs bi öich mälde, wägem Aalose vo de Tonbandufnahme. U ja: Im Momänt wäri froh, we dir di Todesmäldig für öich würdet bhalte. I danke nech.»

Die drei Polizischte vo der Regionalfahndig Interlake hocke im Büro vom Fahnder. Jede isch i Gedanke versunke.

Uf ds Mal seit d Svenja: «Wei mer es Mind Mapping mache?»

D Begeischterig vo de beide Polizischte haltet sech i Gränze.

Der Sepp seit nume: «I cha nüüt dermit aafa. Tue du afe. Chasch nes ja de dys Resultat später erkläre. I gah jetze ga nes Gaffe. De chan i klarer dänke.»

«Wenn chunnt der Slavo Kostic?», fragt der Fahnder. D Svenja luegt uf d Uhr u seit ihm, dass si no zwo Stund Zyt heige bis zu dere Vernämig.

Der Fahnder wüssti eigetlech was er z tüe hätti. Aber är het dä Bsuech no wölle usestüdele. Glychwohl weis er, dass er da derdür mues.

Es isch ihm geng wider zwider un es belaschtet ne enorm, wen er öpperem vom Unglück vomene Aaghörige mues ga brichte. U wes de – wie i däm Fall – es jungs Päärli trifft, isch es dopplet schwär.

Obwohl der Fahnder Flück üsserlech mängisch zu de Grobhölzige zellt, obwohl er als Fahnder meischtens zääi, unnachgiebig u öppe einisch o läschtig cha sy, zeigt sech i settige Situatione ds andere Gsicht vo däm Maa.

Är het halt – wie so mänge Maa – e herti Schale, u ne weiche Chärn.

Näbscht der Belaschtig vom Mitteile vo dere Todesnachricht, drückt ne no es anders Problem: Är weis nid, öb er d Svenja söll frage für mitzcho. Eigetlech wär er sehr froh drum, isch doch di Person won er di schlächti Nachricht mues ga überbringe e Frou. Un är dänkt, dass d Froue enand i settige Situatione besser chöi hälfe als d Manne. Glychwohl schücht er sech, sy Mitarbeitere z frage, wil si ja grad ersch bi der Fahndig aagfange het un er se nid scho mit sonere schwäre Ufgab wetti belaschte.

Irgendwie gspürt aber d Svenja d Problem vom Fahnder. Si seit plötzlech: «I chume mit, we de möchtisch.»

Me gseht em Fahnder aa, wie erliechteret er isch, dass er für di spezielli Ufgab öpper a syre Syte het.

Ds Wohnviertel, wo Biglers deheime sy, isch nid eis vo de Noble.

Obwohl Interlake e Nobelkurort isch, hets o hie Quartier, wo ehnder die wohne, wos nid so vermöge. Biglers huse imene Altbou.

Wo der Fahnder ds Lüti suecht, gseht er di verschidene, zimlech tryschaggete Briefchäschte anere vercharete Wand hange. Uf de Chäschte sy für ihn nid alli Näme läsbar. Usländer halt. Persone, wo im

Gaschtgwärb wärche, u sech ke tüüri Wohnig wei oder chöi leischte.

«Söll i?», fragt d Svenja.

Si gseht, dass der Fahnder zögeret ufe Lütichnopf z drücke.

«Settigi Bsüech lige mer schwär ufem Mage. Das sy di unliebschte Ufgabe vo üsem Bruef», wott er sech erkläre.

Aber d Polizischtin winkt ab: «I weis. O mir göh settegi Situatione a d Niere. I säge mir aber geng wider, dass ds Stärbe zum Läbe ghört. O wes hie i däm Fall vil, vil z früech isch gsy. Für das z verstah, chunnt mir di Buddhisteschi Lehr z guet, won i mi zimlech dermit befasst ha. D Buddhischte gloube nämlech, dass jede Mönsch genau sy Ufgab het. U genau so lang mues läbe, wie das für sy Ufgab nötig isch. U we der Marc Bigler het müesse stärbe, isch sy Ufgab dermit erfüllt. Im nächschte Läbe wird er …»

«Wei mer yne?», underbricht der Fahnder der Redeschwall vo der Svenja.

Es isch offesichtlech, dass si ihri Unsicherheit mit Lafere wott überdecke. Si nickt nume u merkt, dass se der Fahnder dürschout het.

«Frou Bigler?», fragt der Fahnder di jungi, zimlech grossi, rundlechi Frou, wo im Türrahme steit. Si würkt mit ihrne länge, chli fettige Haar, rächt unpflegt.

«Ja», seit si u der Fahnder überleit blitzschnäll, wär äch dere Frou scho der Tod vo ihrem Maa chönnti überbracht ha. Sie isch nämlech ganz i Schwarz gchleidet. Zu ihrne pächschwarze Haar u ihrer schwarze Schminki passts zwar nid. Aber der Fahnder dänkt, dass es inere settige Läbessituation o ke grossi Rolle spilt, öb Haar, Schminki u Chleider zäme passe.

«I kondoliere», presst der Fahnder füre u streckt dere Frou sy Hand entgäge.

«Machet er e Witz?», seit di Frou u der Fahnder weis nid, was er söll.

Alls hätti si ihm chönne säge. Si hätti chönne gränne, tobe, wüete. Uf das wär er vorbereitet gsy. Aber ihn frage, öb er e Witz machi, das überstygt sys Fassigsvermöge.

«Entschuldigung, dir – syt doch – d Frou – Bigler?», stagglet d Svenja.

«Ja. U wär syt dir?», chunnt e Frag zrugg.

«Das isch der Fahnder Flück un i bi d Polizischtin Gafner. Mir hei öich …» Wyter chunnt d Svenja nid, wil si plötzlech merkt, i was für ne Situation si da driynegrate sy. Di Frou wo da vor ihne steit, het nid Truurchleider anne, sondern für si ganz gwöhnlechi Chleider. Di Frou wo da vor ihne steit, weis no nüüt vom Tod vo ihrem Maa. Si isch ganz eifach schwarz aagleit, gschminkt u gfärbt. Läbesystellig schwarz, dänkt d Svenja.

Der Fahnder seit geng no nüüt. Är ahnet aber o langsam, i welere Situation si da stecke.

D Svenja het sech ehnder wider gfasst: «Es tuet nes leid, Frou Bigler. Mir hei gmeint, dir heiget scho Bricht übercho wäge öiem Maa.»

«Was isch mit – mym Maa?», fragt d Frou Bigler. Di letschti Farb wycht us ihrem Gsicht u macht ihre Usdruck no geischterhafter.

«Öie Maa isch bim Brand vom Hotel Bad um ds

Läbe cho. Es tuet nes leid», brichtet d Svenja i emotionslosem Ton.

D Frou Bigler steit da, wie erstarrt. Seit nüüt, tuet nüüt. Steit eifach da. Bewegigslos.

Das git em Fahnder d Müglechkeit, di Situation wider i Griff z übercho.

«Dörfe mer yne cho?», fragt er u wartet ke Antwort ab. Är geit eifach vorab, düre Gang hindere, zu der Wohnigstür. D Frou Bigler louft ihm nache. Em Fahnder chunnt si vor, wie ne Robotter. D Svenja schlycht hinde dry.

D Wohnig sälber isch grad glych wenig aamächelig, wie d Frou Bigler. I jedem Egge hets Hüffe mit Plunder. Der Stubetisch, oder was si ömel o geng drunder verstöh, isch übersäit mit allerlei Züg. Der Fahnder dänkt, dass d Chuchi u o ds Bad ähnlech wärde usgseh.

Nachdäm si sech beidi e Stuehl hei frei gmacht, setze si sech a Tisch. D Frou Bigler steit mitts i der Wohnig u luegt eifach grad us. Si steit under Schock, das gseht me.

«Heit dir Verwandti i der Nechi?», wott der Fahnder wüsse.

Si schüttlet liecht der Chopf.

«Chöi mir öich irgendwie hälfe?», fragt d Svenja. Wider es liechts Chopfschüttle.

«Dörfte mir es Thee ha?», fragt der Fahnder.

Ihm isch i Sinn cho, dass er einisch inere Polizeiusbildig glehrt het, dass me mängisch mit Alltäglechem e under Schock stehendi Person wider cha i d Gägewart zrugg bringe.

U würklech, es funktioniert. D Frou Bigler trappet

zum Chochhärd, tuet Wasser über u lat sech ufene Stuehl la gheie.

«Was isch passiert?», wott si wüsse.

«Öie Maa isch im Chäller vom achebrönnte Hotel tod ufgfunde worde. Leider wüsse mir no nüüt Gnauers. D Brandfahndig isch no am Abkläre», brichtet der Fahnder u merkt, wie hilflos das er isch.

Dere junge Frou z verzelle, dass ihre Maa wahrschynlech e Brandstifter isch, bringt nüüt. Ihre vo de Fählmäldige z verzelle, no weniger. Glychwohl wett er öppis säge, aber er weis nid was.

«Het ers jetze doch …», seit di schwarz aagleiti Frou nume.

Der Fahnder hänkt y u fragt: «Was meinet dir dermit?»

D Frou Bigler luegt grad us, seit aber nüüt. Si isch abwäsend. Het kener Träne. Zeigt überhoupt kener Emotione. Sie isch starr. Unbeweglech.

«Frou Bigler, mir lüte jetze em Care Team aa. De chunnt öpper zue nech, wo mit nech cha brichte. Öpper wo gwanet isch, mit settige Situatione umzgah. Öpper wo o weis, was dir jetze de alls müesstet mache. Isch das guet eso?», fragt d Svenja, wo merkt, dass si Zwöi hie nüüt chöi usrichte.

Währenddäm si telefoniert, seit der Fahnder: «Morn chöme mir de no einisch verby, wil mer sicher no es paar Frage hei. Mir wünsche öich vil Chraft. U we dir öppis söttet bruche: hie isch mys Chärtli. Chöit eifach aalüte u de chunnt öpper zue nech.»

Si streckt d Hand nid us für das Chärtli z näh. Drum leits der Fahnder ufe Tisch.

«Der Pfarrer Hueber vo Unterseen isch im Care Team u isch bereits ufem Wäg zu öich. I nes paar Minute wärdet dir also Hilf übercho. Geits eso? Chöi mir öich elei la?»

D Frage vo der Svenja beantwortet d Frou Bigler, indäm si mit ne zu der Huustür geit, se uftuet u di beide Polizischte uselat. Säge tuet si geng no nüüt. Di beide Andere o nid.

Der Slavo Kostic isch guet drissgi, rächt gross, schlank, dunkelhaarig u ds Markantischte a ihm isch sys breite Chini. Är würkt locker, wo ihm der Sepp Grau e Stuehl aabietet. Nüüt würdi druf hi düte, dass er ja dür dä Brand sys Eigetum verlore het.

«Dir schynet nid allzu dürenand z sy», stellt der Fahnder fescht.

«Sötti?», meint der Hotelier.

«Ja, das wäri normal», git der Fahnder spitz zrugg.

«Was isch scho normal?», chunnt di kritischi Frag.

«Vilecht dass me d Versicherig vom Hotel ueche tuet, bevor mes lat la abfackle?», pängglet der Fahnder em Gägenüber a Chopf u beobachtet o bi ihm jedi Regig uf di herusforderndi Frag.

Är wird aber enttüscht. Der Slavo Kostic blybt d Rueh sälber. Wie we ihn öpper gfragt hätti, öb er es Gaffee wöll, seit er: «We me wott es Hotel eröffne, isch es doch normal, dass me d Versicherig aapasst. Oder nid?»

«Aber nid, wes nächär brönnt!», ergeret sech der Fahnder.

Är het sech dür dä Schuss vore Bug meh erhofft. Glychwohl probiert er wyter mit der provokative Art:

«U ersch no, we der Brandstifter bis vor churzem bi eim sälber gwärchet het.»

«So? U wär söll der Brandstifter sy, wen i darf frage?», seit der Kostic. Geng no ganz ruehig.

«Der Marc Bigler», grifft jetze der Sepp Grau i d Fragerundi y.

«Ja, de söttet dir ihn frage, wiso är mys Hotel schynt aazündet z ha. Oder ligen i da polizeilech lätz?» Di Frag wird nid nume ruehig, sondern sogar chli spöttisch gstellt.

«Das hätte mer, wes müglech wär gsy. Der Marc Bigler isch aber tod!» Wo d Svenja das Wort «tod» seit, isch ihres Gsicht ganz nach bi däm vom Slavo Kostic.

U dä reagiert!

«Waaaas?» Är isch sichtlech erchlüpft. «Der Marc het … Der Marc isch …», stotteret er u steit vom Stuehl uf.

«Ja, der Marc Bigler het öies Hotel aazündet – u isch derby um ds Läbe cho», seit der Fahnder monoton.

«Warum heit dir mi de vori i di ganzi Sach wölle mit ybezieh, we dir doch wüsst, dass der Marc der Brandstifter isch?»

D Rueh isch vom Slavo Kostic gwiche. Är isch ufgregt u tigeret mit churze, schnälle Schritt dür ds Büro dür.

«Wil mir – ehrlech gseit – ds Motiv fählt! Luegets doch einisch vo dere Syte aa: Der Marc Bigler, e Glägeheitsarbeiter, e sozial chli a Rand drängte junge Maa, zündet es Hotel aa. Wiso äch? Us Plousch? Eifach, wil er chalt het? Oder wil er gärn Füür gseht?

Herr Kostic! We dir mi fraget, stecket dir chnöchel-töif i dere Tat mit drinn. Un es nimmt mi nid emal Wunder, wie dir der Marc Bigler derzue bracht heit, öies Hotel aazzünde. Wunder nähm mi nume, wiso der Marc Bigler derby gstorbe isch. Das isch no der offnig Punkt. Sött er nämlech Verletzige ha, wo nid vom Brand här rüehre, de, Herr Kostic, de möchti ig nid i öiere Hut inne stecke. Wo syt dir übrigens zur Tatzyt gsy? U wär chönnti das bezüge?»

D Svenja beobachtet vo der Syte här jedi Regig vom Tatverdächtige. Dä hocket mittlerwyle wider u schynt sech d Ussage vom Fahnder düre Chopf la z gah. Wie versteineret luegt er übere a di graui Wand.

Lang seit er nüüt. Di drei Fahnder möge warte.

Uf ds Mal luegt der Slavo Kostic der Franz Flück aa u seit: «Alibi han i keis. I bi zu dere Zyt elei gsy. Ohni Züge. Aber o wen i mit em Tod vom Marc Bigler öppis sötti z Tüe gha ha – dir chöit mir gar nüüt bewyse. Gar nüüt! U jetze wetti wüsse, öb i no lenger hie mues blybe?»

D Svenja isch sehr erstuunt, wo der Fahnder churz u bündig seit: «Nei, dir chöit gah. Adjö!»

Nachdäm der Entlassnig d Tür hinder sech het zue-ta gha, fragt d Svenja entüscht: «Warum hesch du ne la gah? Dä isch doch i höchschtem Mass verdächti-get!»

«We du üse Chef kenntisch, würdisch e settegi Frag nid stelle», seit der Sepp, scho bevor der Fahn-der e Antwort zämebüschelet het gha. «We dir nid niet u nagelfeschti Bewyse heit, gits kes Verhafte», macht der Sepp em Konrad Hess sy Stimm nache.

«Ja, u das Mal hätti är rächt. Mir vermuete wohl

alli, dass der Kostic öppis mit däm Fall z tüe het, wüsse aber nüüt Gnauers. Es geit jetze also drum abzwarte, was der Obduktionsbricht usseit u öb der Brandfahnder no öppis Gnauers weis.»

«Warte mag i nid. I mache am Mind Map wyter», meint d Svenja resigniert.

«Mynetwäge», git der Fahnder zrugg. Me ghört, dass o är nid vil dervo haltet.

Sy Fahndigsarbeit findet i sym Hirni inne statt. U wes nötig isch, uf chlyne Handzeddle, wo sy ganz Bürotisch übersähie. U zum Schluss mues ja de albe o no e Bricht sy. Är het nid der Ydruck, dass er da no meh müessti schrybe. U scho gar nid zeichne.

E Stund später hocke si wider zäme, di Drü. Di beide Manne sy unmotiviert.

D Svenja leit es grosses Blatt Papier vor sech häre u seit: «I ha gmerkt, dass dir nid gnau wüsset, wie das mit em Mind-Mapping funktioniert. I wetti öich das jetze erkläre.» U ohni e Antwort abzwarte, fahrt si dezidiert wyter: «Es isch würklech öppis Praktisches u isch ideal, we me so ne komplexe Fall z löse het, wie mir ne im Momänt vor nes hei.»

Die beide Herre säge geng no nüüt u stiere nume uf ds farbige Blatt.

«Hie i der Mitti isch ds Problem. I ha däm Brand in Seebad gseit. Es geit jetze drum, alli Gedanke zu däm Thema a das Problem aazhänke. Das macht me, indäm me vo der Mitti us e Linie zieht. U z vorderscht a dere Linie zum Bispiel Marc Bigler schrybt.»

«Wos brönnt het, hei mer aber doch no gar nüüt gwüsst vo däm. Wiso schribsch de du das uf?», fragt der Sepp Grau u me merkt, dass er dere nöimödische Sach nüüt trouet.

«Es geit im Momänt bi däm Mind Map nid drum, z analysiere, sondern eifach afe einisch uf Papier z bringe, was me zumene Stichwort dänkt. Wen i zum Bispiel der Name Francesca Motto abdecke u di, Sepp, frage, was dir zu ihre i Sinn chunnt: Was seisch du?»

Em Sepp isch es nid drum. Är mofflet: «Eh was söll mer daderzue i Sinn cho. Öppe das, wo du ja o scho weisch.»

«Hilf doch mit, we d Svenja sech scho d Müei nimmt, üs e nöij Art i der Ermittlig z zeige», verlangt der Fahnder.

Der Sepp luegt ne erstuunt aa, wil er gmeint het, o är sygi überhoupt nid interessiert dranne.

«Eh also halt. Zu dere Frou chunnt mer i Sinn: Hoteliere, Füürtüfel, heisse Stuehl …»

«Ryss di zäme», fallt ihm der Fahnder i ds Wort. «Mir sy hie dranne e Fall z löse u hei nid im Sinn dyner Sexphantasie aazlose.»

«Isch aber glych wahr! E attraktivi Frou isch si ömel. U ne Explosivi derzue. Es würdi mi nid wundere, we …» Är chlemmt sy Ussag ab.

«Was würd di nid wundere?», bohret d Svenja.

Der Sepp wetti nüüt säge, weis aber, dass di Beide vo ihm e Antwort erwarte. «Eh, es würdi mi nid wundere, we o die mit däm Fall öppis z tüe hätti. Die wäri raffiniert gnue, der Bigler sälber beuftreit z ha di Hütte aazzünde, für di Tat em Kostic, oder dene vom Landhotel, i d Schue z schiebe.»

Der Fahnder u d Svenja dänke churz über di Müglechkeit nache u du seit d Polizischtin: «Sepp, das isch e wyteri Müglechkeit. U gsehsch jetze, wie me das uf däm Blatt darstellt? I hänke bim Name vo der Hoteliere e wytere Strich aa u schrybe dert druf ds Wort: Täterin. U hinde dra es Fragezeiche. Dä nöi Strich erwyteren ig dür wyteri Striche u schrybe dert uf eine zum Bispiel: raffiniert, schlau u Auftraggeberin. Natürlech o mit emene Fragezeiche. U da bi ihrem Name steit ds Wort Motiv. Dert hänken i e Strich dra u schrybe «Eifersucht» derzue. U ufemene wytere Strich schryben ig «Konkurrenz». Uf di Art entsteit e Boum mit Escht, wo all di Gedanke u Müglechkeite, wo sech i däm Zämehang ergä, dranne hange.»

Die Erklärige hei zwar bim Fahnder ds Interesse gweckt. Der Sepp Grau tuet aber wyterhin desinteressiert: «Für mer Yversucht u Konkurränz z merke, bruchen i ömel nid es A3 Papier z verschlargge. So vil het i mym Gring scho no Platz.»

D Svenja git aber no nid uf. Der Fahnder u si zeichne wyteri Überlegige uf das Blatt.

Wo d Informatione erschöpft sy, hänkt der Fahnder di Syte a di lääri Wand uf u me gseht der Svenja aa, dass si scho chli stolz isch druf. Wo si hei zu der Tür us wölle, chunnt der Poschtechef yne z jufle.

«Heit dir der Kostic fescht gno?», rüeft er imene Befählston, dass fasch d Wänd waggele.

«Nei!», git der Fahnder lut, aber mutz zrugg.

«Ja, aber um der tuusig Gotts Wille, wiso de nid? Dä isch doch dringendscht verdächtiget ...»

Wyter chunnt er nid. Är steit vor ds Mind Map, luegt lang druf, heltet der Chopf vo rächts nach links u de wider zrugg u seit du äntleche: «I dänke, di nöij Mitarbeitere het sech scho guet ygläbt. Erstuunlech! Würklech erstuunlech! U dir beide Manne müesst öppe de d Schue binde, damit dir de Gedankegäng vo der Polizischtin no möget folge. Es würdi mi nüüt wundere, we si … Aber a Hand vo däm, eh … vo däm, eh, Dings …»

«Mind Map», seit der Sepp mutz.

«Mind Map. Klar. Logisch. A Hand vo däm Mind Map: Wiso heit dir der Kostic nid feschtgno?»

Die Frag chunnt scho weniger dezidiert als vorhär. U wo der Fahnder ihm uf dere Zeichnig z Längem u z Breitem erklärt, wiso u warum der Kostic no frei desume louft, cha d Svenja ihre Stolz über ihres Wärch nid verberge.

U der Sepp Grau cha ds Lache fasch nid verha, wil er gseht, dass der Fahnder der Poschtechef nach Strich u Fade lächerlech macht – u dä das nid emal merkt.

Wo dä du äntleche ggange isch, hocke di Drü wider zäme u lache über ihre Chef.

Der Fahnder macht du «Bilanz», wien er däm seit. Das isch der Zytpunkt, wos gilt, alli Fakte zäme z trage u – u das isch geng wider ds grosse Aalige vom Fahnder – ds Motiv i Vordergrund z stelle. Jedi einzelni Person wird düregno u mit emene mügleche Motiv i Verbindig bracht. Daderzue – das merke si eigetlech ersch jetze – eignet sech ds Mind Map usgezeichnet.

Us dene Gedankegäng use entstöh nächär di nächschte Ussage vom Fahnder:

«Also. Mir hei di drü Hotel. Ds Landhotel mit em Hotelehepaar Hofer, samt Sohn. De ds Hotel Strand, mit der Francesca Motto u ihrer Tochter Claudia. Ds Dritte isch – oder besser gseit, wäri gsy – ds Hotel Bad. U dadermit mit em Slavo Kostic, als Dritte im Bund. Ds Motiv isch bi Hofers schlächt ersichtlech. Ihres Hotel louft guet u mit em Kostic hei oder hätte si kener Problem gha. Es wäri eifach e gsunde Wettbewärb entstande. D Frou Motto hingäge hätti es Motiv: Konkurränz. Öb das allerdings längt, für nes Geböid la aazzünde? Aber o der Slavo Kostic hätti es Motiv. D Versicherig. Glychwohl han i irgendwie ds Gfüehl, dass dä ehnder hätti wölle ds Hotel uftue, statt ses la abfackle. O är schynt mer nid allzu verdächtig.»

«We du so wyter fahrsch, de isch es ...», meckeret der Sepp.

«Ja, de isch es ganz eifach der Marc Bigler gsy, wo – wahrschynlech us füürtüüflische Gründ – das Geböid aazündet het. Fertig. Eifach e Brandstifter als Täter. U eine, wo sech derby überno het u drum het müesse ds Läbe la», ergänzt d Svenja.

«Irgendwie isch mer das z eifach. Wiso verbrönnt e usbildete Füürwehrmaa bim Lege vomene Brand? Dä sötti doch wüsse, wie das geit», dänkt der Fahnder lut nache. «U dä sötti doch o wüsse, wie me sech mues hälfe, we eim ds Füür usser Kontrolle gratet.»

«Schynbar äbe nid. Dä isch intelligänte gnue gsy, für d Füürwehr mit Telefonaarüef z schigganiere. Aber z dumm, für nes rächts Füür z mache, ohni derby abzchratze.»

«So, nimm di zäme mit dyne Usdrück. Schliesslech

sy mer da nid im Film, sondern hei e reale Tote. Eine mit Beziehige u Umfäld. Mit Lüt wo jetze truure um ne. Drum bis chli aaständig», tadlet der Fahnder. «So. Für hütt längts. Mir luege morn wyter. Machet nech Gedanke, wie mer wei wyterfahre. Häbet e schöne Aabe. Adje zäme», seit er u trappet nachdänklech zum Büro us.

Bevor er wider i ds Tällspiel geit ga probe, isst er, mit em Roseli zäme, gmüetlech Znacht.

«Chunnsch nid wyter, gäll?», seits u luegt ne spitzbüebisch aa. Es kennt der Fränzeli scho so lang, dass es ne nume brucht z beobachte für z wüsse, was es gschlage het.

«Ja, i ha es Opfer, wo zuglych Täter z sy schynt. I bi mer aber zimlech sicher, dass da no meh derhinder steckt, als nume e simpli Brandstiftig. Was, weis i aber nid. Nid aanähernd. Un i ha o nid di chlynschti Spur. Ja, i chume nid wyter! U spätischtens übermorn chöme d Bärner u de isch de fertig gfahndet. De geits de nach Schema F, u der Fahnder Flück isch es Nummero, wie der Fahnder X oder der Ypsilon. I wott bis denn …»

«Der i wott gits nid, hesch du früecher albe der Barbara gseit. U hütt sägen ig dirs. Du chasch no lang wölle, Franz. Es treit di nüüt ab. Muesch öppis tue. Mit wölle elei lösisch dä Fall nid.» Ds Roseli hocket am Tisch u schuflet e Löffel Suppe i ds Muul.

«Du chasch scho brichte», meckeret der Fahnder. «Was söll i de no tue? I ha doch alls hin u här dänkt. Sogar es Mind Map hei mer gmacht. Eigetlech no e spezielli Art, sech über öppis Gedanke z mache.»

«Öppis z visualisiere, seit me däm», lächlet ds Roseli.

«Kennsch du de das – Mind Mapping?», fragt der Franz erstuunt.

«Sicher. Mir bruche das bi der Spitex, für interni Problem z wälze. Letschthin hei mer sogar e chlyne Kurs gha drüber. U syt denn bruchen igs öppe einisch. O hie deheime», brichtets. «Weisch, zum Bispiel wen ig i ds Dorf gah. Nume für i Migros ga yzchoufe bruchen igs natürlech nid. Aber wen i näbscht em Ässe ychoufe no bim Optiker verby wott, für ga d Brülle la z richte, wen ig bi däm de o no grad es nöis Etui für die wott choufe, wen ig i der Biblere äntleche di verschidene Büecher vo däm – äch wie heisst dä Outor scho wider? – wott ga reiche, u wen i de no mues dra dänke für d Barbara e Charte z choufe u dir, näbscht de nöie Underhose, o no e Chlynigkeit wott hei bringe u zum Schluss de ds Ganze no inere Reihefolg wott abwickle, dass i nid drü Mal dür Interlake dür mues pedale, ja, denn bruchen i äbe ds Mind Map. Das isch für settigs sehr praktisch. Probiers doch o einisch!»

Der Fahnder zieht d Ougsbraue i d Höchi. Är isch geng wider erstuunt, was sys Roseli alls cha u macht.

«I mache dir e Vorschlag, Franz», seits ärnscht. «Gang morn am Morge früech zum Albärt. Nei, schüttle jetze nid der Chopf. Es isch dy Vatter un i weis ja, dass dus mit ihm geng no nid guet chasch. Das isch aber jetze nid ds Thema – obwohl dass es mi dünkt...»

«... was wosch mer rate?», underbricht der Fahnder äbe so ärnscht d Gedanke vo syre Frou.

Är weis, dass si da es sehr heikels Thema aaschnyde. U hütt isch es ihm ganz u gar nid drum, für über d Beziehig vo ihm zu sym Vatter z diskutiere.

«Also», ränkt ds Roseli y: «Dy Vatter het dir i schwirige Situatione scho mängisch chönne hälfe u drum dünkts mi ...»

«... ähh!», winkt der Franz ab.

«U drum dünkts mi ...», widerholt ds Roseli hartnäckig, wil o äs sech nid eifach lat la befäle, was es z säge het. Glychwohl wotts kes Gstürm provoziere u fahrt drum wyter mit: «... dass du ihn söttisch um Rat ga frage. I weis, du haltisch nid so vil vo syne Künscht. Bisch halt e sachleche Maa, nei, e sachleche Polizischt. Eine wo nume das gloubt, won er gseht u cha bewyse. Wil du aber hie bi üs deheime nid so sachlech bisch, sondern e griessgrämige, alte, stuure, verchnorzete, verdrääite, gstabige ...»

Ds Roseli lachet gredi use un es merkt, dass o der Fahnder ds Lache fasch nid cha verchlemme. Dä wetti aber o i dere Situation der sachlech Polizischt blybe u nid dä sy, wo ds Roseli – natürlech verchehrt u überspitzt – grad dargstellt het. Drum probiert er e ärntschti Mine z mache .

Sys Froueli fahrt lachend wyter: «... isch doch wahr! Lueg di doch einisch aa: e Matscho bisch! E Karriereflegel! Nüüt als dy Ufstig im Chopf! D Ellböge a dyne Pullovere hei ständig Löcher, wil se däwäg bruchsch! Saagisch am Stuehl vom Herr Poschtechef Konrad Hess, bisch der aber nid schlüssig, öb du nid ehnder der Poschte vom Oberbrandfahnder Max von Arx wettisch. Karrieresuchthuffe, was de bisch!»

U jetze lache si beidi. Si stöh mittlerwyle i der Chuchi näbem dräckige Znachtgschir u tüe sech ärvele, müntschele u strychle.

So hei sis beidi gärn u der Fahnder gspürt, dass ihm das guet tuet. Dass es ne locker macht. Dass er sys Bruefscorsett cha ablege u langsam der Fränzeli cha sy. Der Fränzeli, wo sys Röseli so gärn het.

So stöh si öppe einisch binenand, di Zwöi. U we si mängisch ghöre, wie anderi Paar über ihri Beziehig rede, de müesse si säge, dass si Glück hei gha.

Aber o si wüsse, dass e Beziehig nume cha läbe, nume cha überläbe, we beidi Partner d Entwicklig vom Andere probiere z akzeptiere. We beidi Partner d Eigeheite vom Andere respektiere u achte. U – u das hei si scho mängisch gseit – we beidi Teile bi der gmeinsame Entwicklig mitmache.

Da hets de o bim Franz öppe einisch Chnörz ggä. O we gäge usse der Franz der Starch i dere Beziehig schynt, isch es i de eigete vier Wänd doch de ehnder ds Roseli, wo der Ton aagit. Es isch aber nid herrschsüchtig, sondern macht das mit vil Luschtigkeit, mit vil Läbe, mit ere grosse Portion Liebi u mit vil Phantasie.

So hets ihrem Maa zum zähjährige Ehejubiläum öppis Speziells gschänkt: Es Wuchenänd imene Füfstärnhotel. Mit allem Drum u Dra. Mit Massage, Sauna, u emene Wirlpool imene Romantikzimmer. Di zwee Tag hei ihrer Beziehig unerchant guet ta. Si hei sech gfüehlt, wie früsch verliebt.

Em Franz isch es zwar denn vor däm Wuchenänd nid ghür gsy. Won er het verno, dass ds Roseli buechet het – es het ne nid gfragt, sondern nume gseit, wenn dass si wohäre göh u was se dert wird erwarte – isch es ihm mulmig worde i der Magegägend. Romantikzimmer hätti ihm scho passt. Aber mit Massage (wär isch es äch, wo da a mir wott ume chnätte? Öppe uf ds Mal no ne Frou …?) oder mit Sauna (mues i äch de da blutt um anderi Lüt um hocke …?) het er nüüt chönne aafa. Obwohl er aafänglech skeptisch isch gsy, het o ärs du wunderbar gfunde u vorgschlage, das chönnti me ja jedes Jahr mache.

Ds Roseli het abgwunke. U nach lengerer Diskussion hei si du beschlosse, so öppis nume alli füf Jahr z mache – aber denn de z Grächtem.

U öppis isch o no speziell gsy dranne: Si hei niemerem dervo verzellt. Nid emal ihrer Tochter. Si heis ihre wahrschynlech nume nid gseit, wil si Müei hätte gha, drüber z rede. Si hei sech nid ganz chönne vorstelle, was si würde säge, we se d Barbara über Massage, Sauna u däm spezielle Zimmer usgfragt hätti …

Füf Jahr später hei si e Chochkurs bsuecht. Aber ke Gwöhnleche.

Ds Ganze het wider imene Füfstärnhotel stattgfunde. Mit allem, wos für ne Liebeswält brucht. U äbe mit aphrodisierendem Choche. Das wo si denn plöderlet hei, isch ds Beschte gsy, wo si je hei ufe Täller übercho. Ds Veranstalterehepaar het e Erläbnisgaschtronomie ufboue gha, wo kener Wünsch het offe gla. Vo der Dekoration zum Apéro bis zum Dessert isch alls mit sehr vil Liebi vorbereitet u äbe o zum Teil dür d Teilnämer sälber härgstellt worde. Vo der erschte Minute aa isch e Wunderwält über se cho, wo o am nächschte Tag no aaghalte het.

O wäge däm Wuchenänd isch der Fahnder denn zersch chli skeptisch gsy. Choche! Är wos nid wyt über ne Büchse Ravioli bracht het, söll am Wuchenänd ga choche. Das het ihm nid passt. Aber eigetlech nume, wil er insgeheim befürchtet het, dass er sech mit syne zwee lingge Händ i dere Chuchi tollpatschig chönnti benäh.

Ds Gägeteil isch du der Fall gsy! Syt däm Wuchenänd isch är dä, wo deheime öppe einisch probiert, es aphrodisierends Menu ufe Tisch z bringe. Zwar no nid geng mit grossem Erfolg, aber är het Fröid dranne u ds Roseli teilt die mit ihm.

Zum zwänzgjährige Ehejubiläum hei si e Partnermassagekurs bsuecht. O wider es Wuchenänd. U o wider ohni öpperem öppis dervo z verzelle. Dä Kurs het zur Folg gha, dass si sech e Massagetisch hei gchouft.

U syt denn chnätte oder strychle si enand öppe einisch gägesytig. Das tuet beidne sehr guet. Zersch es Ässe vom Franz, de e Huffe Strycheleinheite ufem Massagetisch – si hei de scho öppe einisch ersch Stunde später d Chuchi ufgrumt …

Das Mal, dünkts der Fahnder, het aber ds Roseli der Boge eidütig überspannt. Zum Vierteljahrhundert-Jubiläum, wies däm seit, wettis mit ihm zumene Tantra-Wuchenänd gah.

Es het no nid vil drüber verzellt. Nume dass das Tantra es wunderbars Gfüehl gäbi, wil me lehri i sich yne z lose. Syner Gfüehl u syner Wünsch wahrznäh u dass grad das für ihn, als gstresste Polizischt, e Wohltat wärdi sy.

Wil der Fahnder mittlerwyle o weis wie me ds Internet brucht für a Informatione z cho, isch er ga luege, was da so alls über das Tantra steit. Är het wölle wüsse, was das eigetlech so a sech het u was das Hotel, wo ds Roseli usegsuecht het, würdi aabiete. Ds Hotel hätti ihm gfalle. U o das, wo si dert über Tantra gschribe hei, hätti ihn vilecht greizt. Aber das, wo im Internet süsch no zu däm Thema gstande isch, isch für ihn doch de z nach bi der Pornographie gläge. U vo dere Sparte het er i sym Bruefsalltag scho gnue gseh u ghört, als dass er sech no i der Freizyt i d Nechi vo settigem hätti wölle begä.

Si hei nume afe einisch chli drüber gredt, aber sy Entschluss, da dergäge z sy, isch bereits feschtgstande. Är weis natürlech o, dass das ja o bi dere spezielle Hotelübernachtig, bi der aphrodisierende Chuchi u bim Massagekurs so isch gsy. Aber das Mal isch es doch de öppis Anders …

«Man fahre aus dem Weg! Mein gnädiger Herr, der Landvogt, kommt geritten.»

Mit dene Wort marschiert der Fahnder – oder äbe der Friesshardt – im Tällspielgländ vo rächts här, der Wäg z dürab, vor d Hüser u steit dert breitbeinig mitts ufe Platz.

D Armgard, e wyteri Figur im Schiller sym Drama, nimmt ihrer Chind u stellt sech em Gessler i Wäg. E Szene, wo em Fahnder speziell guet gfallt. Da zeigt e Frou Muet u Gurasch. Si het nüt meh z verliere. Ihre Maa isch im Gfängnis u ihrer Chind hei nüüt z Ässe. Drum wott si däm grosse, mächtige Gessler ihri uswäglosi Situation darlege. Je nach Regie, leit si sech mit ihrne Chind sogar vor ds Ross vom Gessler.

Sicher o e Muetprob für alli beteiligte Leieschou-spiler.

Wo em Fahnder sy Aawäseheit füre wyter Verlouf vo dere Prob nümme nötig isch, hocket er uf d Tribüni u luegt däm Ganze no chli zue.

Es dünkt ne mängisch, är chönni niene so guet abschalte wie hie. Der Bruef vergässe, sech i nes anders Läbe yne läbe, en Andere sy. Das gfallt ihm.

Är dänkt wider a sym Wunsch vonere grössere Sprächrolle ume. Vilecht der Pfarrer, oder eine vo dene Drei, wo ufem Rütli der Schwur leischte. Die würde ihn scho gluschte. Täll wett er aber nid wärde. Di Figur würdi ihn z starch belaschte. Schliesslech isch der Täll – we mes nüechter betrachtet – e Mörder. U di Tatsach wäri ihm de z nach a sym Bruef. Är wetti sech i syre Freizyt nid o no mit settige Gedanke müesse befasse.

Normalerwys geit er nach de Probe gly einisch hei. Aber hütt het er no öppis vor.

Är het im Sinn, mit de beide Verliebte es Gspräch z füehre. U zwar hie, absyts vo Seebad. Eigetlech isch es ihm chli zwider, hie no z fahnde. Aber d Gränze zwüsche Freizyt u sym Bruef sy halt nid so klar, wie bimene Bürolischt, oder bi öpperem, wo ufem Bou wärchet.

Der Fahnder gseht di Zwöi cho. Si hei e Distanz zunenand. Me merkt, dass si wüsse, dass me se o hie chönnti beobachte.

Wo si gäge ds hindere Huus stüre, geit ne der Fahnder nache u seit: «Schön, dass dir beide öich gärn heit!»

Die beide junge Lüt luege total überrascht dry. Das

isch das, wo der Fahnder mit syre Begrüessig het wölle erreiche.

«Wohär ...», fragt der Christian Hofer.

U o d Claudia Motto chunnt nid über nes: «Wiso wüsset dir – eh sorry – weisch du ...?» use.

Im Tällspiel isch es Tradition, dass sech alli duze. Es git kener Underschiede underenand. Hie sy i erschter Linie alli Tällspieler. U nid Aawält, Dökter, Bure oder Bähndler.

«Ja wüsst er, als Fahnder lehrt me i de Gsichter vo de Lüt z läse. U öich beidne gseht me scho vo wytem aa, dass dir nid nume im Tällspiel es Paar syt. Aber nume ke Angscht. Vo mir erfahrt niemer öppis. I dänke, dass dir das aber öine Eltere nächschtens söttet bychte. Süsch erfahre sis de vo Dritte – u das wäri de no schlimmer, als dass es ja scho isch.»

Sy Ussag löst bi dene beide Lüt e Reaktion us, wo o der Fahnder nid uf die Art erwartet het. Si umarme sech u di jungi Frou bricht i Träne us. Si isch fasch nümme z beruehige.

Der Fahnder isch i settige Situatione meischtens überforderet. Tröschte isch no sälte sys Ding gsy – ömel brueflech.

«Eh, so schlimm ...», faht er aa, merkt aber, dass das wahrschynlech nid di richtige Wort sy. Drum: «Lueget, dir söttet ...», nei, o das passt nid «... dänket doch ...» O das tönt so wies isch: hilflos.

«Franz, mir hei e wunderbari Liebi – wo aber nid darf sy. Ömel wenigschtens i de Ouge vo üsne Eltere nid. Vilecht weisch du, dass si sech gägesytig würde vergifte, we si dörfte. Si hasse enand. U mir liebe enand. Gägesätzlecher chas nid sy. Aber mir wei nes

92

dür üser Eltere üsi Liebi nid la näh. Nie, nie! Gäll, Claudia?»

Si seit nüüt, aber der Fahnder gspürt o ohni Wort, dass da jungi Mönsche vor ihm stöh, wo ihres Läbe sälber wei i d Hand näh.

«Wie stellet dir öich aber de öij Zuekunft vor?», findet der Fahnder der Rank.

«Mir hätte ganz öppis Verruckts vorgha! Aber o das isch nes dürta worde …» Jetze isch es der Maa, wo d Träne mues verha.

«Mir hei mit em … Der Bsitzer vom … D Usbildig …», stotteret d Frou u drückt sech wider a ihre Christian, wo sech jetze aber gfasst het: «Mir hei wölle ds Restaurant im Hotel Bad übernäh. U we ds Hotel de wider Gescht hätti chönne empfa, hätte mer o ds Hotel wölle füehre. So. Jetze isch es dusse. Un es dünkt mi, dass es mer gliechtet het. I darf doch druf zelle, dass du das für di bhaltisch?»

«Natürlech. Im Momänt wird das niemer erfahre. Wes aber für d Ermittlige im Brandfall wichtig sötti wärde, mues es de halt scho use. Aber bis denn hei mer no chli Zyt. Nume: Wie heit dir öich de das vorgstellt mit öine Eltere? Schliesslech wäret dir e diräkti Konkurränz zu ihne worde. Das hätti de Räbel ggä, z Seebad. Potz mänt, Änneli! Da wäre de under öich dreine Beizer d Fätze gfloge», meint der Fahnder.

Niemer hätti gmerkt, dass er innerlech am Fakte sammle isch. Dass er probiert di nöij Situation z analysiere, damit er das Päärli ds Richtige fragt, bevor si wider usenand göh.

Aber zersch antwortet d Claudia: «Mir hei üs das natürlech lang überleit. U der Slavo Kostic het nes berate. Guet berate. Das möcht ig betone! Schliesslech sy mer alli Drü vom Fach. O är. Aber das tuet hie nüüt zur Sach. Also. Mir hei dänkt, we sech zwee Betriebe uf ds Bluet plage u enand nid emal ds Zahnweh möge gönne, de wird e dritte Betrieb ds Ganze nid no steigere, sondern abschwäche. Üser Eltere hätte nämlech zuesätzlech no gäge üs müesse schiesse. U dä Zwöifrontechrieg hätti se so gschwecht, dass si – no bevor e grössere Schade wäri entstande – hätte müesse merke, dass nume es Zämewärche Zuekunft hätti gha. U dass nume es gmeinsams Vermarkte vo dene drei Betriebe, i der hüttige Touristiklandschaft, zum Erfolg gfüehrt hätti. Drum hei mir ghoffet, dass üsi Eltere übere Umwäg vo üser Pacht vom Hotel Bad, zur Vernunft würde cho. U so schliesslech o üsi Beziehig hätte akzeptiert. Das isch aber jetze alls nume no Rouch. Üsi Zuekunft ligt i Schutt u Äsche …» U scho wider mues si d Träne abputze.

«Ja, u de ersch no mit emene Tote im Chäller», hänkt der Fahnder a u merkt, dass sy Ussag nid grad zur Ufheiterig bytreit.

Der Christian seit spitz: «… wo du üs nid chasch aahänke. Mir wärde ja chuum di eigeti Zuekunft kabutt gmacht ha. We du üs aber übere Slavo Kostic wosch usfrage – es isch ja bi der Polizei nid unüeblech, dass me alli «Itschs» i glych Negativ-Topf wirft – de mues i dir säge, dass du ufem Holzwäg bisch. Der Slavo isch e durch und durch seriöse Gschäftsmaa. Kennt sys Fach u hätti üs würklech alls ggä, damit mer üsi Zuekunft hätte chönne ufboue. U jetze tue nes bitte entschuldige. Mir Zwöi gseh üs so sälte, dass mer jedi freij Minute wei nütze für zäme z sy.»

Dezidiert stüret dä jung Maa sy Brut übere Täll-spielplatz em Usgang zue.

Der Fahnder luegt ne nache, bis si ume Egge ver-schwunde sy. Du bewegt er sech o. Är geit aber we-der i ds Restaurant Sunne, no i gägenüberligend Täll. Är geit hei zue. Wil er weis, dass er morn am Morge no e aasträngende Bsuech vor sech het.

Är het nid allzuguet gschlafe. Bilder vo de vergange-ne Tage sy i syne Tröim erschine. Es het brönnt, es het grännet u glachet. Chrut u Chabis isch ihm düre-nand grate.

Schliesslech isch er öppe e Stund bevor der Wecker tschäderet het, wach im Bett gläge u het ghirnet. Är het nümme wyter gwüsst!

U der Bsuech bi sym Vatter isch ihm o no ufem Mage gläge. Aber uf d Frag, wiso dass das eigetlech so isch, het er o a däm Morge ke Antwort gfunde. D Frag, wiso är zu sym Vatter nid e besseri Beziehig het gha, isch einisch meh offe bblibe.

«Seisch ihm de e liebe Gruess», het ihm ds Roseli no uftreit, won er vo deheime furt isch.

Süsch hets mit ihm nid über dä Bsuech gredt, wils gwüsst het, wie heikel so Gspräch mit em Franz sy.

Der Fahnder trappet langsam d Stäge zum Alters-heim z düruf. I Gedanke töif i der Vergangeheit. Bi syre Mueter. Däm ärdeguete Mönsch. E Mönsch, wo gholfe het. Der Franz mag sech nid bsinne, dass si ei-nisch sich sälber i Mittelpunkt gstellt hätti. Nei, si het geng dienet. Nüüt isch ihre z vil gsy. U si isch geng da gsy für ihri Familie. E chlyni, bringi, aber zääij

Frou, wo wohl gwüsst het, was si wott, aber nie uf-dringlech oder herrschsüchtig isch gsy.

Da het er de der Vatter ganz anders ir Erinnerig. Är hets mit ihm nie so rächt chönne. Si hei beid zäme z herti Chöpf gha. Kene het wölle nah gä u jede het wölle im Rächt sy.

Glychwohl het o der Franz d Polizischteloufbahn ygschlage. Oder vilecht grad wäge däm? Är het früe-cher lang drüber nachegrüblet, wiso dass er der glych Bruef gwählt het wie sy Vatter. Het sech o d Frag gstellt, öb er nid vilecht ähnlech sygi wien är. U i de letschte Jahr fragt er sech je lenger je meh, wiso si Zwee ses nid mitenand chönne.

Klar hei si Kontakt. Aber nume wägem Nötigschte. Wen er früecher hei isch, isch er zu der Mueter hei. Nid zum Vatter. Ds Einzige, wo se öppe no verbunde het, isch der Bruef.

Sy Vatter isch Dorfpolizischt gsy. Ds Läbe lang. O denn no, wo sech d Polizei het aafa verändere. Wo d Polizeipöschte sy ufglöst worde u wo me d Polizisch-te zu Regionalpolizeie het zämezoge. A di nöie Strukture het er sech nid wölle aapasse u me het ne o la sy. Schliesslech isch er denn churz vor der Pensio-nierig gstande.

Wo du d Mueter isch chrank worde, hets bi sym Vatter aafa e Wandel gä. Är isch offener worde. Zue-troulecher. Un är het o sehr vil gmacht für sy chranki Frou. Het – so guet ihm das isch müglech gsy – der Hushalt bsorget u het o zum Huus u zu der Umgäbig gluegt.

Es isch du o i dere Zyt gsy, won er vom Mueti öp-pis übercho het, won er hütt nume no dervo seit: «Si het mers ggä.» Was genau u wie, het der Fahnder nid usegfunde. Gwüsst het er natürlech, um was dass es isch ggange. Aber d Hindergründ het er nid kennt.

Sy Mueter het Hebamme glehrt gha u het meh oder weniger geng als Hebamme gwärchet. Si het scho i junge Jahre chli meh gwüsst u chönne, als dass das d Schuelmedizin erloubt hätti. Si het alti Heilmitteli aagwändet, ohni der Mediziner z frage. D Patiäntin isch ihre wichtig gsy. U we si ds Gfüehl het gha, es Doktermitteli sygi für di schwangeri Frou u ihres Chindli vil z gfährlech, het si e natürlechi Alternative ygsetzt.

Dass das zu Schwirigkeite mit de Ärzt gfüehrt het, isch klar. U öppe einisch hei si ihre droht, si wärdi jetze de entla. Wil si denn scho vor allem im Spital gwärchet het, aber e Husgeburt geng no müglech isch gsy, het si ke Angscht gha vor dene Drohige. U si isch überzügt gsy vo ihrne Mitteli – u d Resultat hei ihre Rächt ggä.

Der Vatter isch ehnder uf der Syte vo de Ärzt gstande. Är het denn weder das Chrütlizüg, no ds Rüetele oder ds Pendle akzeptiert. O är het gseit, dass sygi Tüüfelszüg. Das het aber d Mueter nid drus-bracht. Si het wyterhin ihres Wüsse aagwändet. Mit Erfolg!

Wo si du chrank isch worde, het si ihrem Maa gseit, was er wo mues ga reiche u wien ers mues zwäg mache. Bi ihre hets du aber nümme so lang gnützt. Vor es paar Jahr isch si gstorbe.

Vo denn aa het äbe du der Vatter d Ruete u ds Pendel brucht. Un es schynt fasch, wie we di Frou ihrem Maa ihrer Chreft hinderla hätti.

Syt er aber im Altersheim läbt, het er sech zue ta. Me chas nid anders säge. Är isch zwar geischtig no voll zwäg, redt aber fasch mit niemerem meh u nimmt o a de Aktivitäte im Altersheim sälte teil. Är wölli nümme, seit er geng u geng wider. U me het fasch der Ydruck, dass er eifach druf wartet, für mit syre Frou wider chönne zäme z sy.

Nume öppis het er syt der Chrankheit vo syre Frou nid ufggä: ds Pendle. Obwohl er fasch nümme redt, überchunnt er öppe einisch Bsuech. Vo Lüt, wo öppis wei wüsse vo ihm.

U so isch o der Fahnder meischtens zu ihm z Bsuech ggange, wen er Hilf brucht het. Är schämt sech zwar mängisch, dass er nume zu sym Vatter geit, wen er ne nötig het. Aber was wott er? Wen er ne süsch bsuecht, rede si chuum zäme. U nume für ne Stund näbe däm alte Maa z hocke, brucht er ja nid zu ihm.

«Sälü Vatter», grüesst der Franz.

Dä reagiert nid u luegt wyter gradus, i ne em Fahnder unbekannti Wält. Är nimmt e Stuehl u setzt sech näbe alt Maa. D Hand vo ihm leit er i syni. U scho mit däm Gfüehl het er Müei. Irgendwie dünkt si ne frömd. Es isch schwirig für ihn z verstah, dass die Hand d Hand vo sym Vatter isch.

Geng wider göh d Gedanke zrugg i d Jugend, i d Vergangeheit. U denn isch das äbe ke so alti, verrumpfleti, schwachi Hand gsy, sondern e starchi, forderndi u strängi Hand. Ja, sträng isch si gsy, sy Jugendzyt.

We si nid öppe einisch z Bode gstellt hätti, wäri der Franz scho als Chind i der Chischte glandet, het sy

Mueter später lachend verzellt, we sech d Familie zu Geburtstage oder zur Wiehnachte zäme gla het. Är schynt e verschlossene junge Maa gsy z sy. Vilecht sogar chli hinderlischtig. Faltsch.

D Herti vo sym Vatter het ne i syre Jugendzyt i d Einsamkeit tribe. Oder vilecht o zu dubiose Kollege.

I so Situatione het d Mueter albe rächtzytig gwüsst d Weiche z stelle. Mängisch zum Missfalle vo sym Vatter, wo gmeint het, da müessi sy Sohn elei derdür.

Wos der Franz dünkt het, es syg gnue lang nüüt gseit, het er aagfange sym Vatter über sy nöi Fall z brichte. Är het probiert, nüüt usse z la, aber ds Ganze müglechscht so komprimiert z verzelle, dass es der Vatter nid z starch ermüedet. Zum Schluss seit er:

«Es isch e komplizierti Sach. U zwar eigetlech nume, wil i ds Gfüehl ha, dass der Brandstifter sech nid sälber umbracht het. Wil irgendwie öppis i mir inne seit, dass da no meh isch, weder das, wo mir gseh u wüsse.»

«Bisch scho wyt!»

Der Fahnder isch fasch erchlüpft ab dene erschte Wort vo sym Vatter. Wil er ne sälte meh het ghört rede, u wil dä Maa fasch nume no abwäsend schynt, passt di klari u dütlechi Stimm gar nid zu ihm.

«Was meinsch dermit?», fragt er schnäll, wil er hoffet, dass si doch no wider einisch es Gspräch chönnte aafa.

«Bisch nach dranne!», seit du dä.

«Chasch mer rate, was i no söll u wien igs söll aagattige? I weis mer nümme z hälfe u wär sehr froh, we du mir chönntisch e Tipp gä.»

Der Fahnder eryferet sech, wil er einersyts würklech hoffet, e Hilf vo sym Vatter z übercho, anderersyts aber o, wil er Fröid het, dass er wider einisch mit ihm cha brichte.

Dä seit aber nümme u reckt nume übere uf ds Tischli zu sym Pendel. Es isch e chlyne Metallchegel, wo amene fyne Chetteli hanget. Skeptisch luegt der Fahnder zue, wie sy Vatter ds Chetteli übere Zeigfinger leit u wie der Duume uf das drückt. Di linggi Hand het er offe undere Chegel gleit. Lang passiert nüüt. Plötzlech fat ds Pendel aafa schwinge. Vo füre gäge hindere. Zimlech starch schlats us. Uf ds Mal stoppet di linggi Hand ds Pendel. U de fat das Ritual wider vo vorne aa. Das Mal kreiset aber ds Pendel.

So geit das hin u här u der Fahnder vergyblet fasch, wil er dra dänkt, was im Büro alls uf ihn wartet u dass ihm o no ds Dezernat Lyb u Läbe vo Bärn här uf de Färse isch.

Glychwohl weis er, dass es da nüüt z dränge git. Wen er Hilf wott, wird er müesse warte, bis sy Vatter ihm di Hilf gwährt. Wott gwähre, fahrt ihm düre Chopf. U du grad wider ds Nei, wil er dra dänkt, dass da nid e aktive, kritische, sträbsame Maa vor ihm hocket, sondern en alte, vilecht ganz einsame Mönsch.

«Hesch mer dys schwarze Büechli?», fragt der Vatter.

Der Fahnder zieht sys Büechli stolz us syre Jaggetäsche. Stolz, wil o das e Tipp vo sym Vatter isch gsy, geng es schwarzes Büechli bi sech z ha. Im Bruef isch das zwar sogar so usbildet worde. Aber sy Vatter het früecher so Büechli o i der Freizyt mit sech umetreit u het dert drinne über Lüt, won er beobachtet het, allerlei Notize gmacht.

«Das muesch beachte», seit er u zeigt uf ds Zeiche won er i das Büechli gmale het.

Der Fahnder möchti no frage, was das bedütet. Är schämt sech aber irgendwie, wil er ds Gfüehl het, dass er doch sötti wüsse, was sy Vatter mit däm Zeiche meint.

U wil er sech nid vom Vatter möchti la uslache, seit er nume: «Danke vil Mal. Hesch mer süsch no öppis, won i nid sötti vergässe?»

Der alt Maa schüttlet ganz fyn sy Chopf, lächlet, leit ds Pendel wider ufe Tisch, faltet d Händ u luegt zum Fänschter us. Zyt für e Fahnder z gah. D Verabschiedig isch churz u tonlos.

Vorem Altersheim nimmt er sys schwarze Büechli no einisch füre u luegt das waggelige Zeiche gnauer aa. Es chunnt ihm bekannt vor. Es chunnt us der Mathematik, das isch klar. U ne Teil dervo kennt er ja: Ds Glychheitszeiche mit de beide waagrächte Striche. Aber das Zeiche won er vom Vatter het übercho, isch es dürgschtrichnigs Glychheitszeiche.

Der Fahnder geit mit de Gedanke i d Vergangeheit zrugg. I d Schuel. Gnauer gno, är geit i d Algebrastund zrugg. Är mag sech erinnere, dass si dert glehrt hei, dass vor u nach emene Glychheitszeiche geng glych vil müessi stah. Eigetlech logisch. Drum heissts ja o Glychheitszeiche. U wes dürgstriche isch, isch es logischerwys halt unglych. Also isch das Zeiche, wo ihm der Vatter i ds Büechli gchriblet het, es Unglychheitszeiche.

Was het das alls aber jetze mit sym Fall z tüe? Der

Fahnder reckt sech mit der rächte Hand a Chopf u chräblet mit de Finger närvös dür sys Haar.

Wen er mit der Logik wyterfahrt, müessti das heisse, das öppis uf der einte Syte nid glych isch, wie uf der Andere. Uf ihre Fall bezoge würdi das heisse, dass si bi irgend öppisem vo lätze Aanahme usgöh. Dass si also öppis, oder öpper, als Tatsach aanä, wo i Wahrheit so äbe gar nid stimmt. Sy Vatter wott ihm also mit sym Zeiche säge, dass er söll aagnoni Tatsache hinderfrage. Nume äbe: weler? Was isch i syne Ermittlige unglych? Was hei si überseh bi ihrne Abklärige?

Är het nid di gringschti Ahnig.

«U das müessi mir beachte, het er gseit», fasst er der Bricht vo sym Altersheimbsuech zäme.

Der Sepp luegt ne desinteressiert aa. Är gloubt nid a settige Chabis, wien er däm seit.

D Svenja isch da ganz anderer Meinig: «I bi sicher, dass üs dy Vatter da ufene Spur füehrt, wo nes d Lösig wird bringe. U we mer jetze dervo üsgöh, dass …» si underbricht, geit übere zu der Flip Chart u fat aa, es Mind Map uf das Papier z chritzle.

«Nei, nid scho wider!», meckeret der Sepp. «Me chönnti ja meine, mir syge amene Zeichnigs- u Esoterikkurs. Derby sy mer bi der Regionalfahndig. We das so wyter geit, stöh uf ds Mal no Röicherstäbli u Klangschale im Büro.»

«Warum nid? Das wäri doch einisch öppis Anders als stinkegi Luft u Funkgrätgschnurr», git d Polizischtin lachend zrugg.

Nach churzer Zyt het d Svenja ihri Idee uf ds Papier zeichnet gha. Du hei si z Längem u z Breitem berate, was si als Nächschts wölle mache. Der Sepp het der Uftrag übercho, mit der Füürwehr di Tonbänder vo de Fählmäldige aazlose für z luege, öb me d Stimm vom Brandstifter erchenni u öb me di zwöiti Stimm öpperem chönnti zueordne.

D Svenja isch no einisch zu der Frou Bigler gschickt worde, i der Hoffnig, dass die jetze chli gsprächiger isch.

«Herr Fahnder!» Breitbeinig steit der Max von Arx ufem Trümmerhuffe.

Trotz sym blaue Überchleid, em gälbe Bouhelm u de Händsche, würkt der Brandfahnder stolz u unnahbar. O sy Playboyart leit er trotz stoubigem Chopf nid ab. Ömel das dänkt der Fahnder Flück, won er begrüesst wird.

Är het no einisch ufe Brandplatz wölle. Irgendwie het er ds Gfüehl, är müessi no einisch vo vorne aafa. Irgendöppis syg ihm bi syne Ermittlige dür d Latte ggange.

«Dir syt der Tat verdächtiget!», fahrt der Brandfahnder wyter u wott dermit der Fahnder helke.

Dä reagiert aber nid u stiflet näbem von Arx düre zum Chällerygang. Schutt hets nümme vil drumum u der Fahnder cha jetze problemlos i Chäller styge.

Wil er weis, dass d Überräschte vom Marc Bigler scho geschter i d Grichtsmedizin sy überfüehrt worde, trout er sech o, d Stäge ache z gah.

Unde blybt er e Momänt stah u o der Brandfahnder, wo ihm nachegloffe isch, wartet. Der Fahnder brucht dä Momänt. Brucht ds Aacho a ne Ort, wo no vor

Churzem e tote Mönsch gläge isch. Är mues sech irgendwie verbinde mit däm Ort u mit em Tote.

«Geits?», fragt der von Arx schüch.

Der Fahnder fröit sech ab dere Rücksichtnahm. «Ja. Jetze bin i da. U du chasch brichte», seit er betont fründlech.

«Vil Grosses hei mer nid z verzelle. Aber das isch wahrschynlech o nid nötig. Mir hei nämlech öppis feschtgstellt, wo d Sachlag zwar grundlegend änderet, aber schlussändlech o klärt», seit der Brandfahnder u fat grad wider aa, sy Art uszspile.

Är weis natürlech, dass es der Fahnder fasch verrisst vor Gwunder u der von Arx gniesst das Gfüehl. Uf der Gägesyte lat sech der Fahnder gar nüüt la aamerke, dass er gspannt isch wie ne Pfileboge.

«So», seit er nume u merkt, dass der von Arx chli enttüscht isch.

«Also. Fürs churz z mache ...»

«... i bitte drum!», fallt ihm der Fahnder doch du chli ungeduldig i ds Wort.

«Also. Fürs churz z mache ...», widerholt der von Arx gnüsslech: «Der Brandstifter het sech nid sälber umbracht. Är isch umbracht worde!»

E Momänt isch es ruehig. Kene seit öppis. Der Fahnder mues di Mäldig zersch büschele. Du fragt er: «U wiso wüsst dir das so genau?»

«Lue. Hie dranne isch d Türe zum Heizigsrum ghanget. Hinder dere Tür, also im Heizigsruum inne, isch der Totnig, der Marc Bigler, gläge. U – u das hei mir äbe ersch jetze gnauer chönne rekonschtruiere – di Türe isch bschlosse gsy. Vo usse. Nid vo inne. Der Schlüssel het no gsteckt ...»

«De het also ... De isch also ...» Der Fahnder cha syner Gedanke no nid i Wort fasse.

«Ja. Jetze hesch vo üs wider Fueter übercho, gäll? Es isch also nid nume e Brandstiftig. Das zwar o! Nei, du darfsch jetze o no e Mörder ga sueche. Vil Vergnüege – u no meh Glück, wünschen ig dir!» Lächelnd dräit sech der Brandfahnder um u stolziert mit gradem Rügge u erhobenem Chopf syne Kollege zue.

Der Fahnder blybt no lang dert stah. Gedanke schiesse ihm düre Chopf. Ds Gnusch, won er bi däm Fall scho lang het, vergrösseret sech. Un es dünkt ne, i sym Chopf inne heigs zwenig Platz für all das ufznäh, won er sötti ufnäh. Zwenig Platz für all das z spychere, won er a Informatione u Ydrück het übercho. Der Chopf fat aafa weh tue.

Aber wahrschynlech nid nume wägem Gstürm dert dinne. Es chunnt ihm i Sinn, dass er syt em Zmorge no gar nüüt trunke het. Dä Gedanke löst ne us syre Spannig.

Im Büro isch es hektisch zue u här ggange. Natürlech het sy Chef scho vo dere Nöigkeit Kenntnis gha. Settegi Mitteilige pflegt der von Arx i der Regel sälber wyter z gä.

Die nöij Situation het du der Chef bewoge, no grad e Sitzig yzberüefe.

Wil der Fahnder nach dere spezielle «Mordthese» afe einisch e chli het müesse ga syner Gedanke sortiere, isch er no fasch z spät im Sitzigszimmer obe erschine.

U das het der Poschtechef prompt zu der Bemerkig

bewoge: «Nachdäm sech du doch no alli häre be-
müeht hei ...»

Em Fahnder het das nüüt gmacht. Mit settige Vor-
würf isch er nid us der Rueh z bringe gsy. Im Gäge-
teil. So Spitzfindigkeite hei ihn nume aagstachlet.

«Heit dir mit dere Entwicklig grächnet?», fragt der
Poschtechef u luegt diräkt zum Fahnder Flück.

«Nei», seit dä mutz u zeigt dermit dütlech, dass er
nid gwillt isch, mit sym Chef über ds wytere Vorgehe
z diskutiere.

Dä möchti natürlech am Liebschte, dass der Flück
de Bärner dä Fall sofort würdi übergä. De würdi är
nämlech als Bindeglied zu ihne ufträtte u chönnti de
bi dene mit Informatione brilliere, wo der Fahnder u
syner Lüt müehsam zämetreit hei.

Wil der Fahnder Flück merkt, dass sy Antwort
doch chli z mutz isch usgfalle, ergänzt er: «Nei, mir
hei mit däm nid grächnet. Mir wärde aber üsi Abklä-
rige u Überprüefige zämetrage u uf di nöij Sachlag
usrichte.»

«Das schynt mer nümme nötig z sy. I dänke, dass
öij Ufgab wird sy, öier Informatione so parat z mac-
he, dass dir se lückelos – i betone: lückelos! – em
Dezernat Lyb u Läbe chöit wyter gä. Also: Wyteri
Abklärige überlöt bitte de Spezialischte us Bärn. Isch
das klar?»

Der Fahnder seit nüüt. Är wott sech dür sys Schwy-
ge nid feschtlege. Das brucht er, für e settige Fall i
Bewegig z bhalte. Wen er jetze sötti zämefasse u
übergä, würd er abschliesse. U abschliesse gieng ihm
im Momänt total gäge Strich.

«Isch das klar?», lat aber der Konrad Hess nid lugg.

«Klar», mäldet sech der Sepp Grau, wil er weis, dass settegi Situatione liecht zunere wytere Eskalation zwüsche sym Chef un em Poschtechef chönnte füehre.

Wo si z Dritt im Büro vom Fahnder hocke, interpretiert dä zersch em Sepp sys «Klar.»

«Klar isch, dass mir a däm Fall blybe. U klar isch, dass mit em mir, mir Drü gmeint sy. U we du, Sepp» – dermit stoppt er der Sepp, wo scho Luft het gno für yzwände, dass ... – «klar zum Poschtechef gseit hesch, interpretieren ig das so, dass mir klar wüsse, dass nächschtens de ds Dezernat wird übernäh. Dass mir klar wüsse, dass mir ihne de sämtlechi Informatione wärde wytergä. U zwar – wies der Chef beuftreit het – lückelos! Bis denn aber isch hie d Regionalfahndig dranne. U we mirs nid fertig bringe, bis zu dere Übernahm nid wenigschtens aasatzwys chönne e Fahndigserfolg vorzwyse, söll me mir ab Yträffe vom Dezernat – von Arx säge. Das wär d Höchschtstraf für mi!» Derzue lachet er u hoffet, dass dä chly Witz d Spannig, wo sy Chef zwüsche ihm u syne beide Mitarbeiter ufboue het gha, chli löst.

Da het er sech aber tüscht.

Der Sepp lat nid locker: «Der Hess het aber gseit, dass mir wyteri Abklärige de Spezialischte sölle überla.»

«Was mir wäm überlö, das entscheide im Momänt no i. U du Sepp hesch das z mache, was i aordne. Der Herr Hess cha de später entscheide. Im Momänt louft di Sach no über d Regionalfahndig. U der Chef vo dere heisst nid Konrad Hess, sondern Franz Flück.

So. I wetti nümme wyter über Chlynigkeite debatiere. Bricht du üs lieber, was du bi der Abklärig vo de Stimme usebracht hesch.»

Der Sepp Grau versteit, dass er mues chly bygä u verzellt du, dass er mit em Füürwehrkommandant u zwene Kollege vom Marc Bigler zäme ghocket isch, für d Ufzeichnige aazlose. Nöis sygi eigetlech nümme usecho. Ussert dass sech di beide Füürwehrmanne sicher syge, dass es sech bi der männleche Stimm zwyfellos ume Marc Bigler handli. Wär aber zu der Frouestimm ghöri, wüssi me nid. Ds Umfäld vom Marc Bigler kenni me o i der Füürwehr nid guet.

Der Fahnder danket em Sepp Grau u bittet d Svenja um Uskunft.

Si brichtet, dass d Frou Bigler no geng verschlosse syg, dass si aber dänki, dass si z Zwöit dert sötte uffahre für se chli chönne z bewege. Under Druck wärdi si vilecht aafa rede.

Si heigi o scho mit em Pfarrer Kontakt ufgno. Dä machi e gspässegi Ussag. Us syre Sicht stimmi da öppis nid. Är heigi zwar ke Ahnig was, aber är gspüri, dass d Frou Bigler uf irgendöppisem gwaltig der Dechel druf drücki. Da brodli öppis, wo nid use dörf.

Aber äbe: Das syge nume Vermuetige. Also kener für d Polizei relevante Fakte.

Churz nachem «Heichomuntsch» vom Roseli, sitzt der Fahnder i sym Sässel u leit d Bei ufe Hocker. Gmüetlech lähnet er hindere u wott d Zytig läse. Ds Roseli het aber no es paar Sache, wos wott los wärde. Drum leit er der «Bärner Oberländer» wider zäme u isch parat für zuezlose.

«Hesch usegfunde, was das Symbol bedütet?»,
gwunderet ds Roseli.

«Eh, was es bedütet scho: unglych! So steits ömel
bi de mathematische Symbol im Internet. Aber was
das mit däm Fall söll z tüe ha, isch mer geng no
schleierhaft. I dänke, my Vatter isch mittlerwyle z
alt, für no seriös chönne z pendle – we me bim Pend-
le überhoupt vo seriös cha rede.»

«Seriös oder nid seriös. We du zrugg luegsch,
muesch säge, dass dyner Eltere mit ihrer Pendlerei
ganz sälte sy dernäbe gläge. Nach polizeilecher
Wahrschynlechkeit wird das o das Mal nid der Fall
sy. Los, i ha mi chli ume glost wäge dene Biglers. Si
wohne syt zwöi Jahr hie ufem Bödeli u schyne nid
grad allzuvil Kontakt mit de Nachbare z ha. Me weis
nume, dass si chli unpflegt sy. Ehnder chli vil Bier u
Wy trinke. Aber nid so vil, dass me chönnti ufenes
Alkoholproblem schliesse.»

«Wo hesch ömel o das wider alls här? Tratschi-
wyber!», lachet der Fahnder u weis doch glychzytig,
dass ds Roseli dür ihres Beziehigsnetz scho mängs
usebracht het, wo ihm später zur Lösig vomene Fall
het gholfe.

Es geit aber nid druf y, sondern fahrt wyter: «Är
het ke eigetleche Job gha. Het hie u da chli gwärchet.
Während öppe zwo Wuche isch er bim Getränke-
händler aagstellt gsy. D Frou Bigler isch inere ähnle-
che Situation. Hilft hie u dert chli, aber eigetlech o
nüüt Konkrets. So richtegi jungi Glägeheitsarbeiter.
Also nüüt Spektakulärs. We da nid no vo öpperem d
Bemerkig wäri cho, me munkli, dass di jungi Frou
Bigler sech usswärts prostituieri. Du weisch, was i

meine. Das würdi o erkläre, vo was di Beide läbe. Aber äbe: das isch gmunklet. Nid meh. I dänke aber, dass ig i de nächschte Tage no meh cha useübercho.»

«Danke für dyner Ermittlige. Bisch halt doch e gueti Polizischtefrou!», lobt der Fahnder u drückt sym Roseli es chräftigs Müntschi uf ds Mul. «Übrigens, Polizischtefrou: Was hesch du üs hinecht zum Znacht feins vorbereitet? I weis drum de nid, öb d Tamile alls ässe. Irgendwo han i einisch ghört, dass si nüüt ...»

«... la das nume my Sorg la sy! D Frou Gafner isch ja ufem Beatebärg ufgwachse. I dänke, dass ihrer Pflegeltere chuum Rücksicht uf ihri Härkunft wärde gno ha. Schliesslech isch si denn ja z jung gsy, für chönne z säge, was si möchti ässe u was nid. O du söttisch di vilecht langsam dra gwane, dass d Svenja Gafner e Schwyzere isch. O we si nid usgseht wie ds Vreneli us de Gotthälf-Filme.»

Ds Lüti underbricht d Erklärige vom Roseli u beidi zäme göh zu der Ygangstür, für ihre Gascht z begrüesse.

D Svenja isch hübsch aagleit. Si treit e helli, liechti Summerbluse u dunkelbruni Hose. Ds Ganze passt wunderbar zu ihrer dunkle Hutfarb.

Der Fahnder merkt, dass er geng no nid ganz het chönne trenne zwüsche Tamilin u Schwyzerin. Ds Usgseh, di dunkli Hutfarb, hei ne geng no chli irritiert. Es wäri wahrschynlech eifacher gsy, we d Svenja es Bärndütsch mit chli usländischem Akzänt gredt hätti. Aber äbe, si redt wie ne gwöhnlechi Bärner Oberländere. U das isch si ja eigetlech o. Trotz ihrer Hutfarb.

«Issisch du alls?», fragt ds Roseli, wo mit der Svenja scho a der Hustür Duzis gmacht het.

«Ja. Nume Riis han i nid allzu gärn», lachet si u merkt, dass di Zwöi nid ganz nachechöme. «Wüsst er. Riis isch ds Houptnahrigsmittel vo de Tamile. Si ässe Riis zum Zmorge, zum Zmittag u zum Znacht. U drum isch es scho chli komisch, we grad usgrächnet ig em Riis nüüt derna frage.»

«Ja, scho chli», lächlet ds Roseli, wo sofort e guete Draht zu der Svenja het. «Aber was ässe si de süsch no, dyner Landslüt?»

«Jä – myner Landslüt ässe Röschti, Fondue u Zürigschnätzlets.» Scho wider lachet d Svenja u ihrer wysse Zähn hebe sech schön vo ihrem dunkle Gsicht ab. «Nei, Spass bi Syte. I bi ja Schwyzere. U bi üs ufem Beatebärg hets natürlech wäge der chlyne Svenja ke Änderig vom Menuplan ggä. Myner Eltere hei mi aber scho i ganz junge Jahre mit myre Vergangeheit konfrontiert. I guetem Sinn! I ha öppe einisch es Chinderbuech i d Hand übercho, wo über d Tamile brichtet het. Myner Eltere sy mit mir o öppe einisch zu Tamile z Bsuech. Si hei mi zu nüüt zwunge, hei mi aber o nie usgränzt. U für das bin ig ihne enorm dankbar. I ha nämlech ds Interesse a der tamilische Kultur gweckt übercho. U ds Interesse a myre Vergangeheit isch daderdür nie underbroche worde. Vilecht han i aber o grad dür das chönne lehre underscheide, wie d Tamile läbe u wien ig läbe. U ha glehrt akzeptiere, dass i – trotz myre Hutfarb – Schwyzere bi. Aber du hesch mi ja wägem Ässe gfragt. Ds Houptnahrigsmittel vo de Tamile isch, wie gseit, Riis. I allne Forme u Arte. In Sri Lanka kenne si ke Uncle Ben`s. Dert müesse si der Riis vorem Choche sortiere u zwöi bis drü Mal wäsche. Da duuret de d Chocherei guet u gärn zwo bis drei Stund. U wils uf dere Insle sehr vil Riis git, isch es durchus nid ussergwöhnlech, we me drü Mal am Tag dervo isst. Meischtens gits Curry derzue. Wie in Indie, seit me däm o z Sri Lanka Masala. Riis isch also allgägewärtig u wäge däm dünkts mi äbe de albe speziell, wen i säge, dass i alls gärn heigi – ussert Riis ...» U scho wider zeigt d Svenja ihres Lächle.

Während em Ässe – es het e feine Brate u Härdöpfelstock ggä – het d Svenja no wyteri Gschichte us ihrer eigetleche Heimat verzellt.

Ds Roseli het nid schlächt gstuunet, wos ghört het, dass dert no hütt der Vatter vo der Brut für e Brütigam luegt. Si isch aber o überrascht gsy, wo d Svenja verzellt het, wie höch der Stellewärt vo der Frou i däm Land isch. D Froue syge dert o Ärztinne oder Lehrerinne. Meischtens aber Husfroue, wil di tamilische Familie i der Regel rächt vil Chind heige. D Achtig vo der Husfrou sygi gross. Der Maa wüssi, was er a syr Frou heigi. Schliesslech chönnti är, ja chönnti sy Familie, ohni Husfrou gar nid überläbe.

Ds Roseli het em Franz e liebe Blick gschänkt, für ihm z zeige, wie dankbar dass es isch, dass o är d Arbeit vo ihre als Husfrou schetzt.

D Svenja het aber o über d Tamile i der Schwyz verzellt. Si het gwüsst z brichte, dass es nid wenig tamilischi Akademiker gäbi, wo i der Schwyz i Restaurants müesse Gschir wäsche. Si heige wohl ihri Usbildig abgschlosse, die gälti aber i der Schwyz eigetlech nüüt. Drum sygs für settegi Lüt mängisch scho bitter, we si müesse Handlangerarbeite verrichte, statt dass si ihri Intelligänz bi ihrer Arbeit chönnte ysetze. Aber si schicki sech i di Tatsach u tüeij nid murre. D Tamile syge i der Regel sehr friedlech u o rächt gnüegsam.

Es wyters Thema isch du ds Hobby vo der Svenja gsy. Si het verzellt, dass si im Momänt e Kurs über d Homöopathie bsuechi. Der Fahnder, wo gwüsst het, dass er mit em Usspräche vo däm Wort geng chli Müei het, hets vermide, zu dere Usbildig Frage z stelle. Das het er em Roseli überla.

U das het du o gfragt: «Was lehrsch de dert so alls?»

«Eh wüsst er, mit de homöophatische Chügeli cha me mängs Boboli heile. Das isch e alti Tatsach. Mi fasziniert, dass me mit so chlyne Chügeli e so ne starchi Würkig cha erzile. I ha vo myne Eltere mängs Jahr di Globuli übercho, wen i es Problem ha gha. Un i mues säge, dass si bi mir o sehr guet würke. Das isch vilecht o e Grund, warum i mi für dä Kurs aagmäldet ha. I bi nume afe zwöi Mal gsy u cha drum o no nid vil drüber verzelle. Wen i der Kurs aber de abgschlosse ha, chumen i vilecht wider verby cho brichte. U wär weis, vilecht lat sech ds Einte oder Andere vo öich o derfür begeischtere.»

Ds Roseli luegt der Fahnder aa u lächlet. Es weis, dass wahrschynlech ehnder äs a dene Chügeli würdi Gfalle finde. Ihrem Fränzeli sy settegi Sache ehnder e chli frömd.

«Wüsst er, mi dünkt das hie bi üs mängisch scho chli komisch. Mir hei hie di beschte Universitäte. Hei di grösste Müglechkeite zum Forsche. Gäbe Unmängine vo Gäld us, für usezfinde. U was wüsse mer eigetlech? Wenig! Mir wüsse nid emal das mit em Pendle z begründe. U de säge üser Forscher no, was nid begründbar sygi, sygi Quatsch. Alls wo nid bewysbar syg, sygi Humbug. Oder wie me däm früecher gseit het, es sygi vom Tüüfel. Häxezüg! Derby gäbtis so vil Sache, wo sechs der Wärt wäre z erfahre, wie si würke. Nid wohär si chöme, sondern was me dermit chönnti aafa. O myner Vorfahre in Sri Lanka hei sehr vil Naturheilkund betrybe. U si betrybe se o hütt no, obwohl o dert di weschtleche Yflüss Yzug halte. Es isch aber z hoffe, dass die nid allzu starch wärde u dass d Tamile sälber starch gnue sy, für das Wüsse z erhalte u z pflege.»

So isch das Gspräch wyter ggange. Ds Roseli hätti no mängs wölle wüsse. D Svenja het du aber gmeint, es wäri Zyt für hei. Schliesslech müessi si de morn am Morge wider früsch sy, für mit der Frou Bigler ga z rede.

Wo der Fahnder uf das Stichwort hi no über dä Fall het wölle aafa brichte, het ds Roseli dezidiert gseit, es sygi jetze Fyrabe u weder Zyt, no der Ort, polizeilechi Ermittlige z bespräche.

«E härzegi Frou hesch du da als Hilf», het ds Roseli gmeint, chuum hei si d Hustüre hinder sech zue ta.

Der Fahnder het das a syre Frou gschetzt: Si het ihm nie nume ds gringschte Gfüehl ggä, dass si ihm misstrout oder dass sy yversüchtig wär. Dür das hei si sech aber i ihrer Ehe o d Offeheit bewahrt.

Si hei über alls chönne brichte u hei das o gmacht.

Das isch natürlech mängisch o schreg zue u här ggange. Un es het öppe einisch Situatione ggä, wo si hei nid glycher Meinig si gsy.

Wil si aber ihri Liebi, ihres Zämesy, über settegi Differänze hei chönne stelle, sy underschiedlechi Ystellige nie Grund für lengeri Schwirigkeite worde.

«Wie hesch dus jetze mit üsem Wuchenänd? Bisch derby?», fragt ne ds Roseli.

«Eigetlech man i nümme drüber rede», winkt der Franz ab. «I bi müed u wetti ga lige», hänkt er no aa.

Es isch nid ds erschte Mal, dass ds Roseli no hätti wölle brichte, der Fahnder aber nümme het möge. Je nachdäm wie wichtig das Gspräch em Roseli isch gsy, het das albe nahggä oder es het du glychwohl druf drängt.

U dränge hets hinecht o müesse: «I bi o müed, aber i sötti drum de langsam bueche», brichtets. «Weisch, mir chönnte ja eifach afe einisch ds Hotel u der Schnupperkurs bueche. Das verpflichtet üs zu nüüt. Un i dänke, dass mer dür das über ds Tantra so vil chöi erfahre, dass mer de dert chöi entscheide, öb mer wei wyterfahre. Es git ja verschideni Müglechkeite sech däm Thema z nächere. Es dünkt mi, es tät üs beidne guet, nes wider chli meh mit üs, mit üsem Körper, mit üsem Geischt u mit üser Seel z befasse. Obwohl mir ja ...» dermit drückts ihre Fränzeli anes Ärveli u fat aa, ne z müntschele, z strychle u z verwöhne.

«Isch das en Erpressigsversuech?», fragt der Franz schelmisch.

«Säg däm, wie de wosch. Dänk aber a Schiller: Der brave Mann denkt an sich selbst zuletzt ...»

Der Morgerapport fallt churz us. Der Fahnder isch ufgstellt.

Är seit em Sepp: «Du chasch der Bricht a d Kriminalabteilig vorbereite. Hie sy di bishärige Underlage u Notize. Tuesch se so zwägmache, dass die lückelos – i betone! – lückelos ufglyschtet sy.»

Ds Lache wott u chan er nid verbisse. Un er lachet o drüber, won er merkt, dass der Sepp nid grad mit Begeischterig a di Ufgab häre geit.

Wo du d Svenja no vorschlat, dä Bricht i Form vomene Mind Map z mache, geit bim Sepp ändgültig der Lade ache un er zieht sech griessgrämig i sys Büro zrugg.

D Frou Bigler het sech chuum veränderet gha, wo si de beide Polizischte d Tür uftuet. Churz: Ussert bleich gseht me geng no nume schwarz.

«Chömet yne», seit si.

U das isch doch de afe e Underschied zu der erschte Begägnig.

Nachdäm si chli über ds Befinde u über alltäglechi Sache gredt hei, chunnt der Fahnder allmählech zum Thema: «Wär isch eigetlech öie Maa gsy? Brichtet mer doch eifach, was dir wüsst. Ohni ufene Reihefolg z achte. Tischele tüe mirs de scho. Mir mache nes derwyle chli Notize. Löt nech daderdür nid ablänke.»

D Frou het Müei, übere Marc Bigler z brichte.

Drum wott d Svenja mit der Frag: «Syt wenn syt dir zäme?», chli hälfe.

Aber da stosst si uf Granit. Zu dere Frag presst di truuregi Frou d Lippe zäme.

Der Fahnder schöpft us syre Erfahrig u fragt i ne ganz anderi, für d Svenja unverständlechi Richtig: «Isch er eigetlech im Militär gsy?»

Das lockeret du.

«Ja, ömel d RS het er gmacht. Aber nächär ...» Pouse. – «Won er du später hätti sölle i WK yrücke, het er ke Marschbefähl übercho. Är het sech bi sym Vorgsetzte erchundiget, öb si ne überhoubt wölle», verzellt si fasch ploudernd. «Wo du dä gseit het, nei, isch für e Marc das Problem erlediget gsy. Bis si plötzlech vorem Huus gstande sy u ne mitgno hei. Wil er schynbar glych hätti sölle yrücke. Die Schissmilitär hei ne vor Gricht gstellt u so steialti, abtackleti, wägbefördereti Militärrichter hei ne zu zäh Tag Bedingt verurteilt. Gholfe zu däm schynbar milde Urteil heigi ihm, dass er während der RS nid negativ sygi ufgfalle u – wie we das mit däm e Zämehang hätti! – dass er guet gschosse heigi. Won er nach däm Urteil isch hei cho, het er als Erschts ds Sturmgwehr i d Badwanne gleit u ygweicht, wien er däm gseit het. Das Militärgfotz bruch er nümme u ds Gwehr wärd ertränkt. Är sygi ab sofort Verweigerer. So het er brichtet. U später isch er zumene Psychiater. Däm het er wahrschynlech Züg u Sache verzellt, dass däm d Haar z Bärg gstande sy. Fantasie het er geng e Galoppierendi gha. Uf jede Fall hei si ne du us der Armee usgschlosse. Das isch aber für e Marc e vil hertere Schlag gsy, als dass er het wölle zuegä. Usgschlosse us der Armee! Das isch für ihn glychbedütend gsy, wie Impotänz. Ke Maa me syg er, het er öppe gseit. U mängisch isch er uf das ache i Usgang u de meischtens total bsoffe hei cho. U de het er ...»

Wider verschliesse sech d Lippe zumene dünne Strich u der Fahnder, wo het Hoffnig gha dass sech jetze der Chnopf äntleche löst, isch enttüscht.

«Wie heit dir öich lehre kenne?», no einisch d Svenja.

Aber d Lippe sy geng no schmal bblibe.

«Was het er für Hobbys gha?», fragt der Fahnder.

«Computer u Füürwehr», tönts fürepresst.

Wil d Svenja bis jetze i der ganze Wohnig kes settigs Grät gseh het, fragt si: «Wo het er de der Compi?»

«Ufem Eschtrich. Aber zu däm Thema müesst dir mi gar nüüt frage. I ha nie dert ueche dörfe. Das sygi ihm sys Rich, het er bestimmt. We dir weit, de göht ga luege. I blybe aber hie», seit d Frou Bigler trotzig.

«Das cha warte. Mir göh zu öich u öier Vergangeheit zrugg. Chöit dir üs chli öppis dervo verzelle?», wächslet der Fahnder ds Thema.

«Gebore – irgendwo. Geburtsurchunde han i keni. Heimatort sygi Sankt Antönie. Aber fraget mi nid, wo das isch. Isch mer o glych.»

«Das ligt bi Fribourg», erklärt d Svenja sichtlech stolz.

«Cha nid sy. Myner Alte hei gseit, es sygi im Bündnerland. Aber das het ke Yfluss uf ds Liebesläbe vo de Waldameise.» Plötzlech lachet d Milena.

Der Fahnder tschudderets. Är het no sälte so ne chalte, abglöschte Mönsch vor sech gha. U das Lache vo dere Frou, isch ihm dür March u Bei gfahre.

«Jeneschi sy si gsy, myner sogenannte Eltere. Ds Einzige won i vo ihne sicher weis isch, dass si elter si gsy als ig. Eltere i däm Sinn wie dirs kennet, nid.

Sowyt i mi mag bsinne, hei si ständig gsoffe. Für sech der Alk chönne z finanziere, hei si gchlauet. U mir Chind dermit. We me hütt d Rumäne gseht, wo das bandewys betribe, hei mir das früecher genau glych gmacht. Di liebe, arme Chindli füre gschickt u hindedüre ypackt was nid niet u nagelfescht isch gsy. D Tschuggerei isch z letscht use fasch täglech bi üs verby cho. Schlussändlech hei si üs Chind i nes Heim gsteckt. Was dert isch abggange, cha u wott ig nech nid erkläre. Dir würdets weder gloube, no verstah. Nume churz so vil: I bi gschlage worde, me het mi tagelang i ne total fyschteri Zälle gsteckt u Bsuech han i dert nume vo eire Person übercho: vom Heimdiräkter. Dä isch aber nid cho für mir zuezrede. Är het sech ganz eifach gno, was my damalig chindlech Körper ihm het chönne gä. Ja, Vergwaltigung isch für mi scho als Chind öppis reals gsy. U drum – dir wärdets ja sowiso usefinde – bin i syt es paar Jahr o uf däm Gebiet tätig. I bi e Prostituierti, wie dir das nennet. Öpper wo gäge Gäld ihre Körper aabietet. Damit dir Manne öies Vergnüege chöit ha.»

Si drääit sech zum Fahnder: «Ja, Vergnüege! Für öich! Wen i das nume scho ghöre! Vergnüege! Was mues das für nes Vergnüege sy, we dir jämmerleche Wäse vo üs weit gschlage, traktiert u demüetiget wärde? Aber das isch das, wo my Bruef irgendwie no erträglech macht: I cha öich Manne all das zrugg gä, wo dir mir früecher aata heit. Ändere tuets zwar nüüt. I bi innerlech total verletzt. Bi gschändet. Bi …»

Ersch jetze lat di Frou ihrne innerschte Gfüehl freie Louf. Si grännet lut use un es hudlet se derzue.

Wo sech d Frou Bigler chli beruehiget het gha, seit

der Fahnder: «Göh mer zu öppis Anderem. Är wetti no chli weniger Emotionells erfahre: «Was wüsset dir über d Fählmäldige, wo der Marc gmacht het?»

D Milena stutzet e Momänt. Si überleit.

Du schüttlet si der Chopf u seit: «Was wott i no schwyge. Es nützt ja glych nüüt. Ja, i weis vo de Fählmäldige. Vo allne. Es Spiel vom Marc. Äggschen müessi häre, het er gseit. I dere Füürwehr louffi zwenig. Obwohl grad dert vilecht der Ort wäri gsy, won er hätti chönne Fuess fasse. I ha gspürt, dass i dere Organisation Lüt vor dranne stöh, wo nid zersch luege, wohär eine chunnt, was eine cha oder wie eine usgseht. D Füürwehrlüt hei eis gmeinsams Ziel: si wei hälfe. U da hilft jede. Ungschouet wohär u wiso. Em Marc hets dert gfalle. Aber äbe: Äggschen! Für chli nache z hälfe, het er geng denn, wen er Pikett het gha, Fählmäldige usegla. Är het nächär i voller Montur chönne usrücke u het – obwohls natürlech nüüt z lösche ggä het – wenigschtens ds Gfüehl übercho, me hätti ne chönne bruche, wes … Wil er dänkt het, dass si ihm relativ schnäll uf d Spur chönnte cho, het er du öppe einisch mi beuftreit, di Mäldige abzsetze. Us de Telefonkabine i der Region si settegi Mäldige liecht z mache. U mit emene Naselumpe ufem Hörer verzerrts d Stimm scho so starch, dass me Müei het, se z erchenne – lehrt me alls uf der Gass. Wils ihm aber nid glängt het, geng nume häre z springe u de e Fählmäldig entgäge z näh, het er sech öppis usdänkt. Öppis, wos de würklech z lösche hätti sölle gä. Im Hotel Bad het er ja chli gholfe renoviere u het drum o ds Geböid kennt. Dert het er wölle ga Füür lege …» Wider dä starr Blick.

«Heit dir de bim Hotel Bad d Fählmäldig abgsetzt oder het er das sälber gmacht?» fragt der Fahnder ruehig u wirft der Svenja e Blick zue, wil die öppis het wölle säge.

Unsicher, schwach u lysli seit d Milena: «Ja. I ha das … gmacht. Vo der … us der Telefonkabine bim … bim Weschtbahnhof. Är het mer gseit, wenn dass i söll telefoniere. Wen i gwüsst hätti, dass er … i hätti … i wär doch …»

Der Fahnder isch inere Zwickmühli. Är gspürt, dass er sötti wyterfahre. Är gseht aber o, dass ihm di Frou nümme alli Frage cha u wird beantworte. Si isch z müed. U z ufgwüehlt. Drum zieht er sech zrugg u seit der Svenja, si sölli als Betröiere vor Ort blybe.

Die lat sech aber nid so schnäll la abserviere u begleitet drum der Fahnder vor d Tür: «Das stimmt ja nid, was die verzellt!» D Svenja isch ufgregt.

«Ja, du hesch guet ufpasst!», lobt se der Fahnder.

«Wiso hesch du ihre de aber nid gseit, dass es ja gar ke Fählmäldig ggä het?», fragt d Svenja unglöibig.

«Svenja, bi der Fahndig mues me lehre Geduld z ha. Me mues chönne warte. Nid geng sofort alli Charte ufdecke. Si wird üs de scho säge, wiso dass si üs aagloge het. Das het e Grund. U dä Grund füehrt nes vilecht de zu der nächschte Ussag. Warts ab!»

Dermit trappet er vo Huus u lat d Svenja elei mit ihrer Ufgab la stah.

Im Büro brichtet er em Sepp, dass si Drü no einisch zu der Milena Bigler müesse. Gnau gno uf ihre Eschtrich. Vorhär brucht der Fahnder aber no es Gaffee im Pouserum. Z nach isch ihm di Ussag vo dere junge Frou ggange. Är dänkt a sy Tochter, d Barbara. Wie geits ihre äch? Was isch äch ihre Fründ für eine? Isch er guet zuenere? Würdi si zu ihrne Eltere cho, we si Problem hätti?

Antworte git er sech keni. Är dänkt aber, dass d Barbara – im Gägesatz zu der Milena Bigler – vo ihrne Eltere Wermi, Liebi u Verständnis übercho het. Aber öb das gnüegt, für i dere verruckte Wält chönne z bestah, chönne starch z sy, wes drum geit, nid alls mitzmache?

Är weis es nid. Es mulmigs Gfüehl blybt scho zrugg.

«Hesch di Bricht fertig? I mues ne ha. D Herre vom Dezernat chöme inere Stund.» D Frag vom Konrad Hess risst ne us syne Gedanke un er cha nid grad sofort anworte.

Da wird er aagschnouzet: «I has doch gwüsst! Du ströibsch di dergäge, dyner Informatione usezgä. Aber gloub nume, das wird Konsequänze ha. We die vom Dezernat einisch da sy, chan i di nümme schütze. De säge de die dir, was du z tüe hesch. De isch de fertig mit eigebrödlere. Spätischtens denn wirsch de merke, dass dus bi mir eigetlech schön hättisch, we de nume wettisch. Aber äbe. Bi settige Sturchöpf ...» Dermit lat der Poschtechef der Fahnder stah u schletzt bim Usegah d Tür vom Pouseruum – für se grad wider ufztue: «Inere Stund erwarten ig di i mym Büro. Verstande?»

E Antwort wartet er nid ab un em Fahnder isch es rächt so. Är hätti ihm o keni ggä, wil er gwüsst het, dass er inere Stund im Eschtrich vom Marc Bigler wird stah.

Är macht sech ufe Wäg. Grüblet. Findet er äch uf däm Estrich d Lösig zu sym Fall? Überchunnt er dert d Erklärig für das, wo sy Vatter mit däm «Unglychheits-Zeiche» gmeint het?

Är het no geng nid der lysligscht Schimmer, wo u wie dä Fall schlussändlech chönnti ände. Aber gspüre, dass er nach a der Lösig isch, tuet er. U das löst i ihm es Kribble us. Är kennt das. Das sy albe di Momänte, won er unusstehlech wird. Wos gar nümme mag ha. Sogar ds Roseli lat ne i settige Situatione la sy. Lat ne la grüble u chnorze. Lat ne la lyde.

D Frou Bigler isch schynbar am Lige. D Svenja het ihre e Beruehigungstablette ggä.

Si brichtet em Fahnder un em Sepp, dass si ihre wytere Züg verzellt heigi.

Si fasst ds Interessantischte churz zäme: «Ihres Läbe isch ei Tragödie! Vom Heim uf d Gass. Vo der Gass i d Chischte – Drogehandel. Vo der Chischte i d Prostitution. Schrecklech! Was i aber nid usegfunde ha, isch ihri Beziehig zum Tote. Da drüber schwygt si ysig. U irgendwie han i der Ydruck, dass d Lösig vo üsem Fall hie chönnti lige. Un i ha o irgendwie ds Gfüehl, dass das Zeiche vo dym Vatter im diräkte Zämehang mit em Tote steit. Aber äbe: Gfüehl!»

«Frou u Gfüehl!», meckeret der Sepp.

Reagiere tuet niemer druf.

Si sueche der Ufstig zum Eschtrig. D Svenja het der Schlüssel scho gfunde gha, het aber wölle warte bis sie z Dritt dert ueche hei chönne u – wie si nachem Uftue vo der Tür feschtstellt – zum Glück gwartet het.

Der Eschtrich isch en Art Mansarde. Mit emene chlyne Dachfänschter. Der Ruum isch nid gross. Dinne hets es Bett, wo mit grauer, schmuddliger Bettwösch aazoge isch. Druffe ligt allerlei Plunder. Ähnlech, wie i der Wohnig unde. Ufem Tisch, näbem Bett, lige volli Äschebächer, lääri Bierdose u e Huffe zämegwurggeti Papiernaselümpe. U zwüschuse, us däm Gnusch use, stäche zwee Bildschirme. Under em Tisch stöh drei Rächner. Dernäbe e grosse Laser – Farbdrucker. Mit däm het der Marc Bigler wahrschynlech di Bilder usdruckt, wo a de Wänd hange.

«Läck, scharfe Züg», meint der Sepp Grau, luegt di Bilder necher aa u ergänzt: «Dä het Gschmack gha. Das mues me nem la.»

«Widerlech!», entfahrts der Svenja.

Der Fahnder seit nüüt.

«Was söll de amene schöne Frouekörper widerlech sy?», fragt der Sepp unglöibig u luegt d Svenja vo unde nach obe aa. Luegt so, wie wen er wetti aadüte, dass es bi ihre halt äbe scho chli a Schönheit fähli.

«Meinsch di Froue da mache das freiwillig?», pfifft ne d Svenja aa.

Der Sepp erchlüpft ab der Strängi vo der Polizischtin. U o em Fahnder fallt uf, dass die süsch ehnder gmüetlechi Frou, durchus cha Zähn zeige.

«Natürlech mache die das freiwillig. Gäge guets Gäld zieht sech no mängi Frou ab. Lueg nume die hie, wie si lachet. Di het doch Fröid, we se jetze dä geil Siech so richtig …»

«Fertig jetze! Schluss mit dere Debatte!» D Stimm

vom Fahnder fahrt y u beidi, d Svenja u der Sepp, erchlüpfe. Si sys nid gwanet, ihre Chef so lut z ghöre.

«D Svenja het rächt. Das wo mir hie gseh, isch hässlech. Nei, sogar meh als das. Das isch mönscheverachtend. U sötti uf der ganze Linie verbotte wärde.»

«Was wosch de verbiete? Pornographie? Wo läbsch de du? Im letschte Jahrhundert? Pornographie isch doch ds Normalschte vo der Wält. Da wird dargstellt, was mir Manne üs wünsche. U wett i ds Puff geisch, überchunnsch all das o. Das isch geil, tuet guet u isch nüüt als mönschlech. Jede Maa het ds Rächt druf, dass er sech cha sy Alltagsfruscht use …»

«… u jedi Frou mues härelige, we der Maa das verlangt? Wosch du das säge über d Prostitution? De söttisch einisch di Frou da unde frage, wie si das gseht! Warum die häre ligt! Was si über öich Manne dänkt! Dir syt so eifältig z meine, we dir imene Pornofilm Froue gseht, wo vo Manne gno wärde u de no lächle derzue, das sygi, wil di Froue Fröid heige dranne. We si zum Höhepunkt chöme, meinet dir, das sygi ächt. U derby merket dir nid – oder vilecht weit dirs nid merke – dass das e totali Froueverachtig isch. Dass dir d Froue underdrücket, beleidiget u i ds Eländ trybet mit öiem sälbschtherrleche, aber schlussändlech üsserscht egoistische Verhalte.»

«Potz mänt Änneli! Die Emanze hat gesprochen! Hesch wahrschynlech scho lang ke Maa meh …»

«Schluss jetze!» Der Fahnder steit nume es paar wenegi Centimeter vor em Gsicht vom Polizischt. Si gspüre gägesytig ihre Atem. U der Sepp gspürt d

Wuet, wo i sym Chef inne churz vorem Usbruch steit. Är merkt, wie dä sech mues zämerysse.

Aber o der Fahnder gspürt di Verrückti i sich inne. Är cha sech fasch nümme zrugg ha.

Drum befihlt er barsch: «Use jetze! Du Sepp geisch hei u schribsch dy Bricht fertig. Über Prostitution u Pornographie wärde mir üs no ygehend underhalte. Du Svenja …» wyter chunnt er nid. Sys Natel tschäderet.

Är nimmt ab: «I cha jetze nid!», rüeft er sy ganz Fruscht i das Grätli yne.

Aber ds Gägenüber schynt daderfür wenig Verständnis z ha. «Der Sepp chunnt i de nächschte zäh Minute ufe Poschte. Är het d Underlage praktisch zäme. Nei, i cha jetze hie nid dervo … Nei! … Nei! … Wen i säge nei, de meinen ig nei u de blybt das es Nei!», rüeft er total ergelschteret u klappet drufache ds Natel zue. «Dumme Siech, was er isch, dä Laggaff, dä. Meint i tanzi nach syre Pfyfe. Dä wott jetze d Underlage, damit er bi de Bärner cha brilliere. Söll doch mit syne Underlage brilliere, dä Soua …»

«… Franz, dänksch nid, es wäri gschyder, mir würdi jetze no e Momänt veruse gah. Das hie inne het üs wahrschynlech meh häre gno, als dass mir üs zuegestöh. Der Sepp cha ja afe gah. Dä schynt nid Schade gno z ha i dere Mansarde», schlat d Svenja vor u buxiert rächt dezidiert der Fahnder d Stäge ab.

Der Sepp trappet mit hängendem Chopf hinde dry. Är begryft d Wält nümme. Wäge dene paar pornografische Föteli hätti me ömel nid so nes Wäse brucht z mache.

Zueggä: Di Fotos mit blutte Froue u Manne druffe,

hei ihm zwar gfalle. Aber die, wo Tier u Froue druffe z gseh si gsy, hei ihn o nid so aagsproche. Aber da söll doch jede nach syne eigete Bedürfnis chönne u dörfe entscheide.

Är versteit d Haltig vom Fahnder nid. U dass der Poschtechef mit em Fahnder öppe einisch Problem het, chan er i däm Momänt nachvollzieh. So ne eigesinnige u egoistische Bitz Mönsch isch würklech schwär z verstah.

U we de eine no so reagiert wie der Fahnder, so ängstirnig, altmodisch u stuurgrindig, de mues das eim als Vorgsetzte mängisch der Nuggi usejage.

«Geits wider?», fragt d Svenja.

Si stöh vor em Huus. Es rägelet liecht. D Näbelschleier hange ache u ds Wätter stimmt mit der Stimmig vo de Fahndigsbeamte übery.

«Ja. I ha mi chli erholt.» Der Fahnder isch aber geng no bleiche. «Wahnsinn! Wie alt isch der Marc gsy? Drüezwänzgi? U brucht so Züg. Wiso äch? Klar isch nume, warum sy Frou nid het dert ueche dörfe. Was hätti äch die gseit, we si gwüsst hätti, was dä dert obe so trybt?»

D Svenja zögeret mit der Antwort: «I bi nid sicher, öb si das würklech nid gwüsst het. Vilecht ischs ja nume e Schutzbhouptig gsy, wo si üs verzellt het, si heigi nie dert ueche dörfe. Aber i dänke, dass mir nes nach dene verschidene Ydrück wider uf d Lösig vo üsem Fall sötte konzentriere. Für mi blybt geng no ds Zeiche vo dym Vatter ds Thema. I bi sicher, dass es für dä Fall wichtig isch. Ha aber no geng ke Ahnig warum.»

«Wei mer no einisch drahi?», länkt der Fahnder ab u geit vorus, der Wohnig zue.

D Frou Bigler isch wach. Aber no schlafsturm. Nid e schlächti Situation, dänkt der Fahnder. Si het sech so chli weniger im Griff als süsch.

Drum stygt er grad diräkt i di nächschti Fragerundi y: «Frou Bigler, jetz wott i wüsse, wie dir öie Maa heit glehrt kenne.»

«Eh wie me ne Maa halt so lehrt kenne. Bim … Eh … Bim … wärche natürlech. Är isch als Freier zu mir cho. I ha Bedure gha mit ihm. U drum hei mir üs o privat troffe. U sy du zäme zoge. So. Jetze wüsset dir alls.»

Der Fahnder u d Svenja luege sech churz aa. Si sy o ohni Wort glycher Meinig.

Der Fahnder: «Syt dir sicher, dass das, wo dir grad gseit heit, würklech o stimmt?»

«Natürlech! Wiso sötti das nid stimme?», fragt d Frou chaltschnöizig.

«Wils i öiem Läbe nie und nimmer so ne eifachi Lösig würdi gä. Darum stimmt das nid», probiert der Fahnder. U sy Taktik schynt ufzgah.

«Natürlech sy mir scho … Hei mir de … Der Marc isch … Het … Ach löt mi doch i Rueh mit öier Fragerei! I ma nümme. Göht! Fertig jetze!» bricht si us, aber der Fahnder lat nid locker.

«Ja, mir göh. Aber nume e Stock wyter ueche. Chömet!» Dermit gryfft er dere Frou under d Arme.

Die löst sech aber sofort u me gspürt, dass si uf Berüehrige sehr aggressiv reagiert.

«Was söll i dert obe?», probiert si sech no drus z winde.

«Das gseht dir de. Chömet!», befihlt der Fahnder no einisch.

Di beide Polizischte merke, dass d Frou Bigler zögeret. Si wüsse nid, öb si nid glychwohl weis, was i däm Zimmer obe abgloffe isch u si ne hie unde nume öppis vorsgpilt het. Si chöi sech im Momänt rund um di Frou alli Müglechkeite vorstelle.

«Geits?», fragt der Fahnder fürsorglech, bevor er d Tür zu der Mansarde uftuet.

«Mi cha nümme umbringe! We dir wüsstet, was i scho alls hinder mer ha ...», seit si u steit mitts i däm chlyne Zimmer.

Si luegt ringsetum. Nimmt all di pornografische Bilder wahr. Regigslos. Aber nid teilnahmslos. Das gspüre di beide Beamte.

«Heit dir gwüsst, dass öie Maa hie obe so Züg gmacht het», fragt d Svenja.

«Nid diräkt. Es het mi o nie interessiert», seit si u luegt d Bilder gnauer aa.

Plötzlech, u würklech wie us heiterem Himmel: «Neeeeiiiiiii!!!!!!» E Schrei, wie vomene verwundete Tier. E Schrei, wo de beide Polizischte dür March u Bei fahrt.

U druf ache e Frou, wo mit beidne Füscht uf nes Bild ydreschet. U de no einisch e lute Schrei. De wider beidi Füscht. Scho chli langsamer. U geng langsamer. Di armi Frou gheit buechstäblech i sich zäme. Si presst d Händ uf ihres Gsicht.

D Svenja leit ihre d Hand uf d Schultere u wott se i d Arme näh.

«Löt mi! I mag Berüehrig nid verlyde. Mi het me scho so fescht berüehrt. Si brönne mi ...»

Wie nes Hämpfeli Eländ hocket si da vor ihne ufem Bode. Zwüsche Bett u Schrybtisch. Zämeghuuret, under all dene widerleche Bilder.

Der Fahnder u d Svenja lö se la hocke, bewege sech nid, luege aber das Bild a, wo vo dere arme Frou traktiert isch worde. Es zeigt es jungs Meitschi, nei, es Chind wo …

Si chöi nümme häre luege. So sehr berüehrt se das, wo da dargstellt wird. U einisch meh verstöh si nid, dass e erwachsene Mönsch …

«Das – chönnti – mys Chind – sy!», wimmeret d Milena. «Zum Glück het das e Dokter wäggmacht, bevor dass es uf di Schysswält het müesse cho. I was für ne Wält wär das Mönschli gebore worde? E Huer als Mueter. E perverse Maa als Vatter. U de no …»

Si gheit no wyter zäme u fat äntleche aafa gränne.

«U de no …?», hagget der Fahnder nache, obwohl er weis, dass da wahrschynlech nümme z erfahre isch.

«U de no … U de no … Gschwüschterti – als Eltere!»

Si hei lang brucht, bis si i der Wohnig unde si gsy. Gredt hei si nüüt.

D Svenja het rächt gschlotteret. U der Fahnder het gschwankt zwüschem Wunsch, all di Fotos vo der Wand z schrisse oder grediuse z gränne.

Nume d Milena het ihrer Emotione schynbar im Griff gha. Si het teilnahmslos gwürkt. Abwäsend. Läär.

I der Wohnig unde het d Svenja Tee gchochet. Wo du di beide Polizischte chli ruehiger si gsy, het d Milena aafa verzelle. Es isch e bitteri Wahrheit gsy, wo si z brichte het gha:

«Der Marc isch my Brueder. Gsy. Üs hei si beidi vo de Eltere wäg gno. I Heim gsteckt. Natürlech nid zäme. Getrennt. Kontakt hei mer kene gha. Jahrelang nid. Mir sy vo Heim zu Heim gschobe worde. Wo mer alt gnue si gsy, sy mer ab. Geng no jedes für sich. U sy dert häre, wo settegi häre göh, wie mir sy. Uf d Gass. Obwohl mer nes jahrelang nid hei gseh gha u nes o nid speziell gsuecht hei, hei mer nes gfunde. U hei du o wölle probiere, us üsem Schysläbe öppis z mache. Hei wölle usecho us all däm Eländ. Hei Plän gschmidet. Zuekunftshoffnig gha. Aber wie, ohni Gäld? We de einisch sowyt unde bisch, wie mir beidi denn si gsy, de probiersch alls, wo dir als Müglechkeit erschynt, us däm Schlamassel usezcho. U probiert hei mer für üs denn ds Eifachschte: Mir hei mit Droge ghandlet. Naiv u unerfahre. U sy natürlech es gfundnigs Frässe für d Dealer gsy. Si hei nes der Schmier gmäldet u hei sech daderdür bi dene einisch meh chönne us der Schlinge zieh. Wil mer nach em Abhocke vo üser Straf würklech hei wölle nöi aafa, sy mer us dere Umgäbig dert use. I ha z Bärn e Stell als Servierere gfunde u der Marc isch ufe Bou ga handlangere. Üses Ykomme hei mer am Aafang brucht für d Wohnig yzrichte. Aber äbe: We me gwanet isch, z näh, was ume ligt, de isch es schwär z warte, bis der Lohn zahlt wird. Der Marc het nid möge gwarte u isch nach churzer Zyt wider uf der Strass gstande. I has lenger usghalte. Aber my Lohn het bi wytem nid glängt. Är het du vorgschlage, dass i mir chli öppis söll derzue verdiene. Wil i scho als Chind bi dra gwanet worde, dass Manne über my Körper hei dörfe verfüege, isch mi das nid allzu hert aacho. Ds Gäld, wo derby usegluegt het, isch mer wichtiger gsy als d Gfüehl – wes ömel denn no settegi sötti ume gha ha ...» Si luegt wider grad us. I ne anderi Wält.

«Wiso hei mir aber de geng vomene Ehepaar gredt, we dir doch ...?», fragt der Fahnder unglöibig. Me weis nid gnau, a wän di Frag grichtet isch.

D Milena git als erschti Antwort: «Es Spieli! Es Spieli vo mym Brüetsch! Mir sy vor zwöi Jahr vo Bärn hie uf ds Bödeli züglet. Das het üs besser dünkt, wils nid so gäbig isch, we me dert wohnt, wo me wärchet. Ömel i mym – Bruef nid ... Wo mer z Bärn üser Schrifte hei abgholt, het der Marc gseit: Was meinsch derzue, we mir nes als Ghürateni usgä? Das wäri doch öppis: Milena und Marc Bigler. Mir heisse zwar ja scho so, aber das wäri doch e Gägg, we mir üs jetze würde verhürate – u niemer würds merke. So isch er gsy, der Marc! Es grosses Chind. Es grosses, unändlech verletzts Chind. Aber o nes Tüflisches. Es Gemeins ...» Wider dä wyt Blick.

«U d Behörde het öich das gloubt?», wott der Fahnder der Fade nid la gheie.

«Es isch schynbar ke Sach, e Heimatuswys z fältsche. Hie uf der Gmeindsverwaltig hei si üs problemlos als Ehepaar ufgno. U si hei nes so registriert, wie we das ds Normalschte vo der Wält wär. Wie lang dass das no so ggange wär – ke Ahnig. Isch mir aber o glych.»

«Ds Unglychheits-Zeiche!» Das Wort brösmelet der Fahnder ganz langsam füre. U luegt derby a Bode. Nächär luegt er d Svenja aa. Die nickt unmerklech.

«Wie bitte?», fragt d Milena.

«Eh, nume öppis Dienschtlechs zu der Frou Gafner.» Si luege enand wider aa.

Si wüsse zwar jetze, wiso der Vatter Flück das Zeiche gmacht het. U si dänke o, dass si nach a der Lösig vo däm Fall sy.

Glychwohl wartet no es Stück Arbeit uf se. Nid alli Frage sy beantwortet. U vom Mörder isch o wyt u breit ke Spur z erchenne. Drum seit der Fahnder:

«Danke für öij Offeheit. De isch also öie Maa nid öie Maa, sondern öie Brueder gsy! Hmm. Öppis ganz Anders geit mir no nid uf: Dir heit gseit, dir heiget d Fählmäldig vom Brand im Hotel Bad gmacht. Stöht dir geng no zu dere Ussag?»

«Klar!», seit d Milena.

Aber di beide Polizischte ghöre us däm Wort so vil Unklars, dass si nachefrage.

D Svenja: «U wen i öich säge, dass es gar ke Fählmäldig ggä het? Weder dir, no öie – Brueder – hei ds 118 gwählt!»

D Frou Bigler luegt wider, wie we si i ne anderi Wält würdi gseh. Der Chopf isch starr. Der Blick grad us grichtet. Langsam loufe ihre d Träne über d Backe ab. Regigslos sitzt si da. Di beide Polizischte warte.

D Spannig isch enorm! Si hätte wyteri Frage. Glychwohl getroue si sech nid.

«Ds Internet – isch – vom Tüüfel!» Di schwarz aagleiti Frou drückt das füre, wie we si vom Tüüfel sälber würdi rede.

Die beide Fahnder hei ke Ahnig, wiso di Frou uf ihri Frag mit dere komische Ussag antwortet.

Si gseh aber, dass d Milena wott wyter rede: «Der Marc het unbedingt e Computer wölle. I ha ja als Prostituierti nid schlächt verdienet u ihm drum syner Wünsch erfüllt. Eh ja, was macht e – Ehefrou – nid alls?», seit si sachlech. U jetze langsam, begleitet vomene chalte, alls dürdringende Lache: «Är het du e spezielli Rächnig gmacht: I heigi ja myner Ynahme düre Bsuech vo Manne, het er gseit. U de bring i ds Gäld hei u gäbis ihm. De göngi är i ds Puff u bringi das Gäld wider a glych Ort häre. – Das chönnte me doch o eifacher …» Läärblick! Papiernaselümpli brucht si kener. Es loufe o kener Träne meh. Der Gsichtsusdruck isch hert wie Granit. Wysses Gsicht uf schwarzem Hindergrund.

«Ds Internet – isch – vom Tüüfel!» No einisch. Das Mal aber mässerscharf. «Syt er di Computer ufem Eschtrich ygrichtet het gha, isch er nume no zum Ässe ache cho. U zum …» Wider Wytblick. Lääri. Unändlechi Truur.

«O är het mi brucht. Missbrucht. Isch sy Geilheit won er sech mit der Pornographie im Internet greicht het, hie ache cho entlade. I bis ja gwanet gsy, dass me … Ha mi nid möge wehre … Het o under üser Jugend glitte. Aber är isch je lenger je brutaler worde … Internet … Pornographie … Brutalität! Schisssläbe! Schissläbe! Schissläbe!», seit si u steit uf.

Wie we ihre d Widerholig vo däm Wort hätti Chraft ggä, steit si da. Plötzlech voller Tatedrang. Irgendwie voll Läbe – i däm düregläbte Körper.

«Schissläbe. Ja!», rüeft si. Niemer weis zu wäm.

«Är het mi missbrucht, my Brüetsch. Brutal miss-brucht!», seit si.

Uf ds Mal zieht si mit eim Ruck ihres schwarze Shirt über d Bruscht ueche. De beide Polizischte verschlats der Atem: Der Milena ihre Oberkörper isch übersäit mit rote u blaue Strieme. Zum Teil hei die blüetet gha.

«Un i Depp has über mi la ergah. Jahrelang Wie so mängs won ig i mym Läbe scho über mi ha la ergah. Won i du aber … Wo du der ... Wo du der Teschtstreiffe aazeigt het … Weis Gott, wie das het chönne … Är het mir … I bi sch … Es Chind … Es Chind vo ... La wäggmache han igs! Ha doch nid vom Brüetsch … Es Chind vo ...» Di Wort sy gredt worde wie in Trance. Einisch lut, hert, fordernd; einisch lieb, nachsichtig. U zwüschyne geng wider churzi Pouse.

U wie abwäsend, aber doch ganz klar u dütlech: «I ha gnue gha vo all dene Demüetigunge. Vo dene Freier. Vo mym Brüetsch. Vo allne Manne. Was meine di Manne ei-^getlech? Ig, d Milena Bigler? Tochter vomene Süffer. Tochter vonere Süffere. Körper für x Manne. Körper für e eiget Brüetsch … Nume no Körper. Nüüt meh vo Milena. Nume no Körper für … E Huer ... Eini wo sech d Manne chöi bediene. Körper für d Manne. Luschtobjekt. Ig, d Milena ... Vor es paar Tag du … Är heigi e super Plan. Är wölli im Hotel ... Chli Füür … Bi ihm nache zum Hotel … Ache i dä Chäller … D Tür no offe … Der Schlüssel isch gsteckt. Vo usse … Ha d Tür zuezoge … Schlüssel drääit … Was meine die eigetlech? Was meint dä eigetlech? – Schissläbe, eländs!»

Es isch der Fahnder schwär aacho, der Streifewage aazfordere für d Milena Bigler cho z reiche. Am Liebschte hätti är all di Manne la verhafte, wo … Aber äbe: Sy Bruef het ihm scho mängisch zeigt, dass nid geng d Täter di Schuldige u d Opfer di Unschuldige sy.

Won er du mit der Svenja zäme d Stäge zum Polizeiposchte ueche trappet, het er rächt müesse bischte. Di vergangene Stunde hei ihn brucht. Meh als dass er gmeint het. Är isch düre gsy. Gschlage u usbrönnt.

Der Svenja isch es ähnlech ggange. Si het syt em Ystyge i ds Outo kes einzigs Wort gseit gha.

«Schön, dass me der Herr Fahnder Flück o wider einisch gseht …», pängglet e sichtlech gnärvte Poschtechef dene beide entgäge.

«La mi la sy!», isch ds Einzige, wo der Fahnder seit. Aber da isch er bim Konrad Hess natürlech a Lätze grate: «Was erloubsch du dir eigetlech?»

«I erloube mir Mönsch z sy! U zwar eine mit Gfüehl im Buch. Eine, wo jetze zersch mues verarbeite. U eine, wo vo dir nüüt Anders erwartet, als dass du Verständnis hesch für üs. Ohni Kommentare vo dir. Die mags nämlech jetze ganz u gar nümme ha!» Di letschte Wort het er ufene Art füre presst, dass sogar der Poschtechef gmerkt het, dass im Momänt mit em Fahnder Flück nid guet Chirschi ässe isch.

«Aber du söttisch …», seit er drum chli tuuch.

«Nei. I sötti gar nüüt – we das no geng nid kapiert hesch. U jetze la nes la sy!» Dermit schlarpet er gäge sys Büro zue – d Svenja im Schlepptou.

«Sorry, wäge myne Bemerkige i der Mansarde»,

seit der Sepp Grau zur Begrüessig. «I has ja nid so gmeint … I ha doch o … Äh, i weis nid, was i söll säge …»

«We me nid weis was säge, de schwygt me gschyder», isch der mutz Kommentar vom Fahnder. «Louft der PC?», fragt er.

D Svenja luegt der Fahnder aa. Di Frag löst bi ihre es liechts Chopfschüttle us. Si het eigetlech dermit grächnet, chli chönne abzhocke für ds Vergangene z verarbeite.

«Hocket häre!», befiehlt der Fahnder sträng. «I wott nech einisch chli zeige, wohär so Pornobilder o chöme, wo letschtändlech so Uswüchs produziere, wie se d Frou Bigler mit ihrem Brueder het müesse dür- u erläbe.»

Der Sepp hocket vorem Bildschirm, d Svenja liecht dernäbe.

«Tue ds Google uf u gib dert einisch ds Wort Porno y», befiehlt der Fahnder sachlech.

Der Sepp nimmt d Muus i di rächti Hand u klicket: «Gsehsch, doch nüüt für bösi Buebe!», rüeft der Sepp erliechteret u fahrt du no grad chli übermüetig wyter: «Uf der erschte Syte steit nume, wie gfährlech, wie chinderfindlech, wie total dernäbe Pornographie cha sy. Lue hie, sogar üsi Kantonspolizei het e Syte gschalte.»

Der Sepp macht der Ydruck, wie we dermit das Problem ändgültig vom Tisch wär.

«Svenja. Stell dir jetze einisch e Jugendleche im pubertierende Alter vor. Klar, dass dä nid d Syte vo der KAPO wird aaluege. Was luegt er de aa, was?» Di Frag richtet der Fahnder aber o a Sepp.

«I dänke, är wird vilecht hie uf der rächte Syte druf klicke», meint e sichtlech unsicheri Svenja u zeigt mit em Finger ufe Bildschirm.

«Sepp! Klick!», befihlt der Fahner.

Die nächschti Syte isch schwarz u bietet mitts drinn nume zwo Müglechkeite aa. Si fragt, öb me über achtzähni isch oder nid.

Scho wider der Sepp: «Gsehsch, o hie isch no e Barriere yboue. Also chindersicher.»

«Schpinnsch!», rüeft jetze d Svenja. «Wie naiv bisch du eigetlech? Das isch doch für ne Jugendleche kes Hindernis. Im Gägeteil! Das animiert ne ja grad, ga z luege. Settegi Frage diene nume dene, wo eigetlech es schlächts Gwüsse sötte ha zur Beruehigung.»

«Wyter!» Der Fahner isch geng no am Befäle.

Der Sepp klickt no einisch – u scho sy si dinne bi all dene Fotos u Videos, wo d Pornographie aazbiete het. Si luege alli drü ufe Bildschirm.

Plötzlech stotteret d Svenja: «Aber … Was …? Wiso …? Was het de der Name vonere Gmeind hie uf-em Bödeli da dinne z sueche? I ha gmeint, d Pornographie sygi wältwyt. U jetze lisen ig …» Unglöibig stuunet d Svenja geng no ufe Bildschirm.

«Klick!» Wider im Befählston. Der Sepp folget.

«Das isch ja …» Wyter chunnt d Svenja nid.

«Ja, das isch Pornographie usem schöne, unberüehrte, heile Bärner Oberland. U die chasch no uf ganz Huffe anderne Syte finde, i däm Wält-Wyte-Wahnsinn.»

Der Fahnder wartet e Momänt, für di Ussag la z würke.

Du seit er mutz: «Sä!», u drückt em Sepp der Outo-
schlüssel i d Hand. «Mir fahre i ds Dorf.» Wider lue-
ge d Svenja u der Sepp enand unglöibig aa. Si chöme
nid drus, was der Fahnder jetze no wott.

O im Bärner Obeland hets Hüser, wo Prostituierti
wärche. Das ghöri zumene Tourischteort, wird geng
wider gseit. D Polizei kennt natürlech di Lokal.
   Der Fahnder steit mit syne beide Mitarbeiter vor
emene settige Huus. Gseh tuet me nüüt Speziells.
Schliesslech isch das Gwärb, wo da inne betribe
wird, vor allem nachtaktiv.
   «Heit dir öich scho einisch überleit, wie sech d
Milena Bigler, ja, wie sech all di Froue müesse
füehle, wo da inne wärche? Heit dir öich scho einisch
überleit, wie minderwärtig die sech müesse füehle? U
heit dir öich scho einisch überleit, was ds stillschwy-
gende Erloube vo däm – Bruef – für Uswürkige uf d
Seel vo dene Froue het? Mir wüsse ja vo üser Arbeit
här, wie Wenegi i däm Gwärb z befäle hei. Wie we-
nig Manne ds grosse Gäld dermit mache. U wie vil
Leid da i däm Huus eigetlech gscheht. All di Froue
da inne sy als chlyni Chind gebore worde. Unschul-
dig, härzig u unverdorbe. U üsi Gsellschaft macht us
dene chlyne Chind Froue, wo me cha bruche wie
Fäghuddle. Wo me gäge Gäld cha … I ma nid drüber
rede. Es eklet mi ab üser Gsellschaft. U wen i luege,
was im Internet alls a Bilder aabotte wird, de fragen
ig mi, wo eigetlech üsi Gsetzgäbig blybt. Wen i lue-
ge, was bereits Chind chöi achelade, de fragen ig mi,
wo eigetlech mir als Eltere blybe. U wen i luege, was
us emene Marc Bigler isch worde, bi all däm Porno-

139

konsum, de mues i feschtstelle, dass mir als Gsellschaft, u o mir als Polizei, verseit hei. Verseit, wil mir eigetlech ganz genau wüsse, wie schläct das Ganze für üsi Gsellschaft isch. U wil mir nüüt, aber de o grad gar nüüt, dergäge undernäh. Me mues nid Puritaner sy für Pornographie i Frag z stelle. Me mues nume e chli ds Hirni yschalte. E chli wyter als bis zum Nasespitz füre dänke. U vilecht e chli Mitgfüehl ha, für Mitmönsche. Für Froue, wo hie inne, ja hie i däm Huus, i üsem schöne Bärner Oberland, uf ds Brutalschte usgnützt u missbrucht wärde.»

Si stöh geng no vor däm Huus. Si luege aber nümme a d Fassade ueche. Si luege a Bode. Lö d Chöpf hange. Betroffe.

Di sehr persönlechi Ussag vom Fahnder berüehrt di beide Polizischte. U obwohl der Sepp Grau nid mit allem yverstande isch, wo der Fahnder gseit het, gseht me, dass ihm di Ussage gä z dänke.

Wo der Fahnder isch hei cho, het ds Roseli sofort gspürt, dass ihre Maa Schwärs mit sech ume treit. Si het scho bim Grüesse gmerkt, dass der Fall wohl glöst isch, dass der Franz aber no z chätsche het dranne.

Si wott ihm es Glas Rotwy bringe, aber der Fahnder winkt ab. «I gah grad ga schlafe. Guet Nacht.»

Das hingäge isch für ds Roseli du doch es Alarmzeiche gsy. We ihre Franz freiwillig so früech wott ga lige, de isch würklech öppis ganz usem Lot.

Si weis aber, dass si im Momänt nüüt für ne cha tue – ussert warte. Är wird ihre alls verzelle. Das weis si. Aber ersch denn, wen er bereit isch derzue.

Am Morge het ke Wecker tschäderet. Der Fahnder isch schlafsturm zum Roseli übere grütscht u het ihm der Rügge aafa chräbele:

«Weisch, Roseli», seit er, «i bi froh, dass üsi Barbara erwachse isch. I weis nid, öb i no einisch der Muet hätti, es Chind uf di Wält z stelle.»

«Das het nüüt mit Muet z tüe, Franz, sondern mit Zueversicht. Zueversicht, dass doch alls guet chunnt – o wes mängisch schynt, alls sygi verchachlet.» Ds Roseli drääit sech zu ihm häre: «Mir hei denn di Zueversicht gha. O inere schwirige Zyt. Di Zueversicht het aber o öpper Anders ...», lächlet ds Roseli.

«Wie meinsch das?», fragt er.

«Geisch zersch ga ne Espresso reiche?», bättlets u ihres liebe Lächle lüchtet über ds ganze Gsicht.

«Nume eine?», fragt er spitzbüebisch zrugg.

Es isch es Ritual, wo si jede Morge pflege. Är steit uf u ds Roseli het no grad chli Zyt z erwache.

Wen er de mit de beide Espresso zrugg chunnt, höckle si beidi im Schnydersitz enand gägenüber u gniesse zäme di paar Schlück u di paar ruehige Minute. Mängisch rede si nüüt u luege enand eifach nume aa.

Hüt aber brichte si: «Was hesch mer wölle säge?», gwunderet e ungeduldige Franz.

«I ha nid für ds Tantra buechet. Mir göh nid dert häre», seit si u merkt, dass em Fahnder e Stei abem Härz gheit. «Aber mir göh scho wäg. Wyt wäg. Gnau gno nach Oustralie!», seit si.

Der Fahnder chunnt nid drus. Är isch no zwenig wach. Ds Roseli wartet.

Plötzlech seit er: «Zu der Barbara?»

«Ja, zu üsem Töchterli. Si het aaglüte. Si wei i drei Monet dert äne hürate – u chöme de aaschliessend mit üs zrugg i d Schwyz. U für das Hochzyt flüge mir zwöi nach Oustralie. Isch doch o spannend, oder?»

«Wahrschynlech so spannend wie das Tantra … Aber – blybe si de nächär i der Schwyz? I ha gmeint, der Maa vo der Barbara heigi …»

«Nei, si blybe nume öppe es halbs Jahr. U de göh si z Dritt wider zrugg. – Ja, lue nume! Hesch scho richtig verstande. Du Fränzeli, chasch di fröie! Du wirsch i öppe sächs Monet Grossätti!»

Mit dene Wort drükt si ihrem Manndli es feins Müntschi uf ds Muul u fahrt mit der Hand über sy Chopf. «Grossätti …», seit si no einisch zärtlech.

«Ja, aber d Barbara isch doch ersch …»

«… alt gnue, für sälber chönne z entscheide was si us ihrem Läbe wott mache.»

«I wirde alt!, seit er, runzelet d Stirne u murmlet: «Grossvatter? Ig …?»

«Ja, Grossätti!» U no einisch es Müntschi.

«Es isch de gwüss no schön, es Grossmueti z müntschele …» lächlet der Fahnder u fahrt sym Roseli fyn über di scho liecht ergraute Haar.

Wyteri Büecher vom Ernst Hunziker:

E leidi Gschicht
(Der zweit Krimi mit em Fahnder Flück)
Z Seebad isch gschosse worde. Schynbar hets e Person preicht. So bhouptets ömel e Bewohner vom Cholchosehuus. Der Fahnder Flück findet aber wäder e Täter, no es Opfer. Derfür merkt er, dass i däm Huus nid alli so nätt zunenand sy, wie si ihm vorspile. Won er gspürt, dass d Bewohner o d Lüt vom Nachbarhuus usgränze, wirds für e Fahnder kompliziert u gnietig.

Gnietig isch es aber o privat. Sy Frou het Chnörz mit sich sälber. U o bi sym Hobby, em Tällspiel, louft nid alls so, wies der Fahnder gärn hätti.

I däm Krimi wird mit Mönsche gspilt. Darf me das? Oder isch das unakzeptabel? Die Frage stelle sech em Fahnder i dere spannende Gschicht, zwüsche Thuner- u Brienzersee.

Unspunne
(Der dritt Krimi mit em Fahnder Flück)
Ds Alphirtefescht, wo Stadt u Land söll verbinde, isch vorbereitet. D Teilnähmer u d Bsuecher chöme langsam i Feschtluune. Nume wenegi wüsse, dass die fridlechi Stimmig tüüscht. Sys d Béliers wo – einisch meh! – Unspunne wei missbruche, für politisches Kapital drus z schla? Oder stecke anderi Chreft derhinder?

Wo im Tällspielareal während ere Uffüehrig gschosse wird – u zwar nid nume mit em Täll syre Armbruscht – droht däm eigetlech fridleche Fescht sogar der Abbruch.

Adväntszyt
Dusse strubussets, es isch fyschter u chalt. Nachdäm me der Novemberblues einigermasse schadlos überstande het, faat eim der bevorstehend Wiehnachtsstress uf ds Gmüet aafa drücke. Was gits da dergäge bessers, als es heisses Tee, Cherzeliecht – u Wiehnachtsgschichte?

Didgeridoo www.
Didgeridoo:
Als Fahrer vom Poschtouto, wo zwüsche Spiez u Äschiried verchehrt, kenne ne die Yheimische. Aber wär isch eigetlech dä hilfsbereit u liebeswärt Mönsch würklech? Die Frag stelle sech d Lüt leider ersch, wo öppis ganz Unerwartets gscheht.

www.:
Ds Internet bietet hüt verschidenschti Müglechkeite, enand lehre z kenne. Die Glägeheit näh o „listen" u „multiple" wahr. Was aber, we die Beide meh möchte als nume mitenand chatte? Was, we si sech persönlech möchte gägenüber stah?
 E nid alltäglechi Gschicht zwüsche Wimmis u Schwarzeburg.

Allergattig
Ds Läbe schrybt bekanntlech allergattig Gschichte. Zum Bispil läbigi, kuurligi, kritischi oder o spezielli. Vo dene brichtet das Büechli. Es sy nid wältbewegendi Gschichte wo da verzellt wärde. Wil ds Läbe sälber ja o nid wältbewegend isch. Es sy Churzgschichte wo zum Nachedänke, zum Chüschte, zum Gniesse u mängisch o zum Grediuselache sölle aarege.
 Si sy dür mängs Jahr dür entstande. Un es isch erstuunlech, wie zytlos vili Gschichte i dere schnällläbige Zyt bblibe sy.

Erhältlech sy die Büecher im Buechhandel.
Wyteri Informatione über e Outor u über sys Schaffe überchömet dir uf der Websyte: <u>www.ernsthunziker.ch</u>